JN311747

甘味屋十兵衛子守り剣4

ご恩返しの千歳飴

牧　秀彦

幻冬舎時代小説文庫

甘味屋十兵衛子守り剣4

ご恩返しの千歳飴

目次

甘味屋十兵衛子守り剣

主な登場人物

小野十兵衛《おのじゅうべえ》
深川にある甘味屋〈笑福堂《しょうふくどう》〉のあるじ。元・下村《しもむら》藩藩士で殿様の台所方《だいどころかた》を務める家の生まれ。藩主暗殺の汚名を着せられた遥香をみかねて、母娘を連れて脱藩。かなりの剣豪でもあり二人を追手から守っている。

遥香《はるか》
表向きは十兵衛の妻・おはるで通しているが、実は下村藩の前藩主・前田慶三《まえだけいざ》の側室。十兵衛とは幼馴染《おさななじ》み。横山外記から命を狙われている。

智音《ともね》
前田慶三の忘れ形見。母の遥香ともども命を狙われている。

佐野美織《さのみおり》
大身旗本の娘で男装の剣豪。通称夜叉姫《やしゃひめ》。笑福堂の上得意で遥香や智音と親しいが、十兵衛を慕う己の気持ちに苦しんでいる。

岩井信義《いわいのぶよし》
隠居した幕閣の大物。笑福堂の菓子に目がなく、十兵衛たちを何かと助ける。

石田甚平《いしだじんぺい》　岩井家の用人。美織ともども、剣の腕で十兵衛たちを助けている。

エルザ・ハインリヒ　アメリカから来て、横浜で商会を構える女主人。十兵衛を救ってくれた恩人。ジェニファーという一人娘がいる。

王《ワン》　エルザに仕える清国《しんこく》人。拳法の使い手。

日下部五郎《くさかべごろう》　元は水戸藩士で、岩井信義の命を狙う刺客だった。十兵衛に負けたことがきっかけでエルザを手伝うようになる。

和泉屋仁吉《いずみやにきち》　日本橋で三代続く菓子屋〈和泉屋〉のあるじ。かつては十兵衛と敵対していたが、今は互いを認め合っている。

横山外記《よこやまげき》　下村藩の江戸家老。前藩主・前田慶三暗殺の首謀者。

第一章　ビスケット

一

早いもので、文久二年（一八六二）も十月。

笑福堂《しょうふくどう》の商いは、相も変わらず盛況だった。

店が在《あ》るのは大川の向こう、新大橋を渡った先の東詰め。

かつて松尾《まつお》芭蕉《ばしょう》が庵《いおり》を構えた跡地に近い、深川元町《もとまち》の一画だ。

店先には掃除の行き届いた床机《しょうぎ》が置いてあるので、初めてでもすぐ分かる。

屋号を白く染め抜いた暖簾《のれん》が川風に翻《ひるがえ》る様も、目に付きやすい。

その暖簾を潜《くぐ》って中に入ると、通路を兼ねた土間が奥まで続いている。この土間に沿って板の間が設けられ、店を訪れた客たちは各々座って、好みの菓子を無料で供されるお茶と一緒に、心ゆくまで味わうことができるのだ。

深川の地元に限らず、江戸市中の民から広く人気を集める一番の理由は、あるじの十兵衛《じゅうべえ》が毎日拵《こしら》える菓子の出来。

このところ人気を集めているのが、西洋風の品々だ。

長崎渡りのカステラも、十兵衛の手にかかればひと味違ったものに仕上がる。

いつでも店先に並ぶわけではない。

笑福堂を営む十兵衛の本業は、日の本の菓子を作ること。

西洋菓子は、あくまで余技だ。

それでも、丹誠込めて焼き上げるカステラが美味《おい》しいのは間違いない。

その日も、運よくありついた二人の客が舌鼓を打っていた。

「何とまぁ柔らかいこと、甘いこと……」

「ほんに絹の如《ごと》しですねぇ、姐《ねえ》さん……」

うっとりしながらも競い合うように食べているのは、深川の芸者衆。客から聞き込んだ評判を確かめるべく足を運んで、すっかり虜《とりこ》になったらしい。

たしかに、笑福堂のカステラはひと味違う。

芯《しん》まで焼き上げるのと違って、中は半生《はんなま》。

それでいて日の本の民に飲む習慣が無い、牛の乳は入っていなかった。

とろりとした舌触りが何とも堪《たま》らず、一口食べればやみつきになる。笑福堂を訪れる客のほとんどが目当てにしているのも、うなずける。

もちろん、和菓子の品揃《しなぞろ》えも豊富であった。

定番のまんじゅうは、皮まで黒砂糖が練り込んである。

ようかんに餅《もち》菓子、団子といった、甘いあんこを用いた品々はどれも美味しい。

四季折々の品も欠かさず、今月はちょこんとしたたたずまいも可愛《かわい》い亥の子餅が顔を見せている。

このように看板商品が数多いため、笑福堂は客足が絶えなかった。

一方で広目《ひろめ》（宣伝）の役を買って出てくれている、松三《まつぞう》たち河岸《かし》人足《にんそく》の存在も見逃せない。

今日も松三は常の如く、得意先の問屋で熱弁を振るっていた。

頼まれた荷を運び終え、ひと息ついたところである。

「おやおや番頭さん、笑福堂にお越しになられたことがねぇんですか？　そいつぁ勿体《もったい》ねぇ限りでござんすよ。え？　ほんとに評判の通りに美味《うま》いのかって？　当た

り前でござんしょう。そうでなくちゃ他人様《しとさま》、しかも日頃からご贔屓《ひいき》に願っている
お店の番頭さんに、気安く勧められるはずがござんせん。ひとつ騙《だま》されたと思って、
足を運んでみなせぇ」
立て板に水が如き、見事な語りっぷりだった。
松三は、六尺豊かな四十男。
顔も体付きもいかついが、語る表情はにこにこしていて愛想も満点。
されど、相手の番頭は手強《てごわ》かった。
「うーん。そう言われても買い物は近所で用が足りちまうから、ねぇ……」
どうにも気が乗らない様子である。
それでいて、自分から話を打ち切ろうとはせずにいる。
大男の松三を怖がっているわけではなかった。
深川には大小の運河が多い。
とりわけ小名木《おなぎ》川は重要で、利根《とね》川を介して江戸と北関東一円を結んでいるため
行き交う船も数多く、運ばれる塩や醬油《しょうゆ》、酒はいずれも江戸の暮らしを支えるのに
欠かせぬものばかり。商う立場の問屋としては、日々の仕事で親しい間柄になった

船頭や人足を無下《むげ》にも扱えず、話を持ちかけられれば相槌《あいづち》を打たざるを得ないのだ。

それにしても、松三はしつこい。

さすがの番頭も、少々面倒になってきたらしい。

「さーて、そろそろ戻らないと……」

聞こえよがしにつぶやいても、松三は平気の平左。

相も変わらず、立て板に水でまくしたてる。

「ほんとに美味いんでござんすよ。番頭さん。甘いもんなんぞは見たくもなかった俺が毎日通ってるぐれぇですから、間違いはありやせん。まぁ、俺が注文するのは夏場はところてん、他の季節にゃ赤飯と決まってるんでござんすがねぇ。へっへっへっへっ……」

黙ってくれそうな気配は、まったく無い。

困ったものである。

こういうときは露骨に話をそらさず、一旦乗った振りをしてから切り上げたほうが相手の気分を害しにくい。

番頭はさりげなく問いかけた。

「笑福堂の菓子ってのはそんなに美味いのかい、松さん？」

「当たり前でさ。まんじゅうひとつにしたって、よそとは出来が違うのですぜ」

ここぞとばかりに松三が取り出したのは、小さな包み。

竹皮に包まれたまんじゅうは、一口で食べられるほど小ぶりだった。

きつい陽射《ひざ》しの下でも傷まぬように火を通し、焦げ目が付けてある。

「さぁ、どうぞ」

「それじゃあ、せっかくだから頂戴しようかね」

番頭はまんじゅうに手を伸ばす。

忙しい作業の合間でも食べられるように一口大にするとは考えたものだが、所詮はありふれた焼きまんじゅう。大したことはあるまいと高を括《くく》っていた。

手にした感触そのものは、さほど他と変わらない。

違っていたのは、両面の茶色い焦げ目。

直火で焼いたのなら黒くなるはずだし、そもそも数をこなせるはずがない。

京の今宮《いまみや》神社の名物として知られるあぶり餅の如く串にまとめて刺し、炭火で焼き上げては供するやり方ならば、話も分かる。

だが、松三が持参した焼きまんじゅうは軽く焼かれたのみ。

しかも焦げ目は均一で、むらがない。

一体どうやって拵えているのだろうか――。

疑問を覚えながら、番頭はまんじゅうを口に入れる。

表情が一変したのは、嚙《か》み締めた直後。

「ん！」

細い目が丸くなり、思わず声まで上げてしまった。

「いかがですかい？」

「うん……美味い……」

お世辞ではなかった。

ぱりっとした嚙み応えと、つぶあんの味が何とも心地よい。

「どうやって拵えているんだい、松さん？」

「へっへっへっ、気になってきなすったね」

番頭を見返し、松三はにやりと笑う。

再び熱弁を振るうかと思いきや、ずいと立ち上がる。

「いつでもご案内いたしやすよ。お声をかけておくんなさい」

目的を達した上は、長居は無用。

広目用のまんじゅうは、包みごと置いてきた。

まとめ買いしたので、まだ十分に数が有る。

次の得意先に荷を運び、また同じことを繰り返すつもりだった。

二

昼下がりの笑福堂は、今日も大入り満員。

菓子を供するのは、おはること遥香《はるか》と、近頃は智音《ともね》の役目でもある。

「いらっしゃいませー」

「はーい、こちらですよー」

三十一歳と十歳の母娘である。

二人揃っての接客は、息がぴったり合っていた。

十兵衛は奥の台所に陣取って、常の如く菓子作りに励んでいる。

拵えていたのは、小ぶりのまんじゅう。

中にくるむつぶあんは、十兵衛が毎日夜明け前に起き、寝る前に水に浸しておいた小豆《あずき》を炊いて練り上げる、自慢の一品である。

台所の片隅には、見慣れぬ調理具。

無口ながら腕のいい、地元の鍛冶《かじ》屋が十兵衛の頼みを引き受けて、格安で拵えてくれたものだった。

二枚重ねた鉄板に、太い取っ手が付いている。

鉄板にはくぼみがあり、捏《こ》ね上げたまんじゅうをひとつずつ縦横に並べ、上と下から挟むことができるようになっていた。

まんじゅうを並べ終えた十兵衛は取っ手を握り、かまどの前へと移動する。

火の加減は、あらかじめ調節済み。

とろ火の上にしばらくかざし、頃合いを見てひっくり返す。

焼き上がったまんじゅうは、両面に茶色い焦げ目が付いている。

程よく熱されたあんも、さぞ甘いことだろう。

この場でつまんで、食べてみたい。

そう思えてくる一品だった。

このひと口まんじゅうは、五つずつまとめて売られていた。

店先に並べるためには、竹皮で包まなくてはならない。

遥香は折よく手が空《す》いたところだった。

「できましたか、お前さま」

「うむ」

十兵衛は言葉少なにうなずき返す。

本来ならば、畏《おそ》れ多いことである。

遥香は、かつて十兵衛が仕えた主君の側室。

娘の智音は大名家の血を引く、正真正銘のお姫様だ。

そして十兵衛は、智音の父親で加賀下村《しもむら》藩一万石の先代藩主だった前田《まえだ》慶三《けいざ》の側近くに仕え、菓子を毎日拵えていた身。

つまり遥香とは幼馴染《おさななじ》みながら、国許《くにもと》では足元にも寄れない立場だったのだ。

にも拘《かか》わらず江戸に来てから夫婦を装い、智音も実の娘の如く扱っているのは、当初は敵の手から逃れるためだった。

慶三が毒を盛られて死んだ一件で、遥香は智音と共に、長らく座敷牢《ろう》に押し込められていた。

毒殺した黒幕と決め付けられ、謂《い》われなき罪を着せられたのである。

遥香は慶三が最も気を許した相手。当初は十兵衛も疑わざるを得なかった。

しかし、どう考えても遥香の仕業とは思えない。

当人からも無実を訴えられ、十兵衛は真相の解明に動いた。

そして真の黒幕は、江戸家老の横山外記《よこやまげき》と分かったのだ。

遥香は権力争いの犠牲になったのである。

主家の実権を握らんとする悪家老の企みを知ったために罪を着せられ、口封じを兼ねて、囚《とら》われの身にされてしまったのだ。

とはいえ、外記は勝手に裁きを付けたわけではない。

疑いを掛けられた遥香を吟味《ぎんみ》し、有罪であると見なしたのは慶三の末の弟で、現藩主の前田正良《まさよし》。

正良は聡明な青年だが、まだまだ世間知らずだった。

亡《な》き兄が遥香と智音に注いで止まなかった愛情の深さを理解できず、毒など盛るはずがないとは考えぬまま、狡猾《こうかつ》な外記にまんまと乗せられ、不届き至極と断じた上で、母娘を押し込めの刑に処してしまったのだ。

そんな母娘を十兵衛は助け出し、江戸まで逃れて来たのである。

町人になりすまして甘味屋を構え、遥香と夫婦を装ったのは、敵の目を欺くためだった。居場所を突き止められた今となっては意味の無いことだが、夫婦者になりすましていたほうが隣近所とも付き合いやすいし、実は独り身と分かってしまえば男たちが、遥香を口説きに押し寄せるのは目に見えている。当の遥香がそうなることを望んでいない以上、防がなくてはなるまい。

遥香と智音のためならば、十兵衛は何をするのも苦にならない。なればこそ主家を裏切り、脱藩に踏み切ることもできたのだ。

理不尽な扱いを受けた幼馴染みを、十兵衛は見捨てて置けなかった。

当の遥香はもちろんだったが、幼い智音にまで生涯出られぬ座敷牢での暮らしを強いるとは、余りにも酷《ひど》すぎる。

故に牢を破って囲みを脱し、母娘を連れて江戸まで逃げてきたのだ。

友情だけで為《な》したことではない。

今にして思えば、十兵衛も慶三に劣らず、遥香に深い愛情を抱いていた。だが大の甘味好きで十兵衛を贔屓にしてくれていた慶三のことを、裏切る真似《まね》はしたくない。

故にひとつ屋根の下で暮らしていても、未《いま》だに手は出さずにいる。

智音に対する後ろめたさもあった。

まんじゅうをてきぱきくるむ遥香の向こうで、智音は後片付けに励んでいた。客がきれいに平らげた皿と茶碗をお盆に載せ、とことこ運ぶ様が微笑《ほほえ》ましい。

十兵衛や遥香が強いたことではない。

通っている近所の手習い塾から戻ると進んで店を手伝い、接客ばかりでなく洗い物までこなしてくれて、大いに助かっていた。

母親にしか心を許さず、十兵衛を警戒してばかりいたのは以前の話。今では表情も明るくなり、幼いながら看板娘として客の人気を集めつつある。

松三たちのおかげもあって、店の売り上げは伸びる一方。

しかし、忙しくしながらも十兵衛の心は浮かない。

去る八月二十一日、ひとりの友人が命を落としたからだ。

二十八歳の若さで落命したのはチャールズ・レノックス・リチャードソン。横浜の居留地に滞在していた英国の青年は仲間と遠乗り中、生麦村《なまむぎ》で薩摩《さつま》藩主一行の前を横切り、無礼討ちにされてしまったのだ。

やむなきこととして受け止めるには、悲しすぎる事件であった。

今日はリチャードソンの四十九日。

十兵衛はいつもより早起きし、故人の好きだった菓子を拵えた。

そろそろ下げてもいい時分である。

ちょうど客足は絶えていた。

作業を終えた遥香と智音も、ひと休みさせたいところだ。

十兵衛は声を低め、そっと遥香に呼びかける。

「一服してくだされ、御前《ごぜん》さま」

「その呼び方はお止めくだされ、十兵衛どの」

答える遥香は、少々ムッとした様子であった。

無理もあるまい。

共に暮らして二年が過ぎても、十兵衛の態度は固いまま。

余りに頑《かたく》なすぎる。もう少し打ちとけてくれてもいいのに――。

女の口から言えることではない。

遥香の想《おも》いを汲《く》み取れぬまま、十兵衛は折り目正しく告げる。

「今は構いますまい。誰も聞いてはおりませぬ」

「それはそうでございますけれど……」

「拙者は供え物を下げて参りますので、どうぞごゆるりとなされませ」

「すみませぬ」

ぎこちなく答える母親をよそに、智音は茶の支度を始めていた。

何であれ、子どもは慣れるのが早いもの。

つい先頃までお湯を沸かしたこともなかったのに、器用に急須を使っている。

微笑ましく見守りつつ、十兵衛は台所を出る。

向かった先は店の二階。

遥香と智音の寝室の隣に、小さな畳敷きの部屋がある。

慶三を供養するため、仏間として用いている一室だった。殊更に仏壇など置いていなかったが供花を絶やさず、朝夕の祈りも欠かさない。

リチャードソンが愛したじゃがまんは膳に載せ、部屋の片隅に置かれていた。仮にも一国の大名だった人物を悼《いた》むための場所で他の者を、しかも異国人を弔うなど、本来ならば許されぬことだろう。

しかし亡き慶三は西洋の知識を吸収するのに貪欲《どんよく》な質《たち》で、鎖国の禁を解くべきと唱えていた身。もしも生きていれば十兵衛が青い目の友人を得たのを喜び、思わぬ最期を遂げたと知れば、共に悲しんでくれたに違いない。

故に十兵衛は仏間の一画を借りて、弔いの菓子を供えたのだ。

「南無《なむ》……」

肌の色は違っていても祈りを捧《ささ》げずにいられないのは、真の友と想えばこそ。できれば横浜まで足を運んで墓参りをしたかったが、そうもいくまい。

生麦村の事件以来、横浜居留地は揺れていた。

リチャードソンが殺害されたばかりでなく、女性を含めた三人もの英国人が被害に遭《あ》った以上、英国人たちが黙っていられぬのも当然だろう。薩摩藩に謝罪と下手人《げしゅにん》の引き渡しを求める一方で警備の強化を図り、本国には軍隊の派遣まで要請しているという。

事態が更に深刻化すれば、幕府ばかりか朝廷まで敵と見なされかねない。

だが十兵衛が案じていたのは、日の本の行く末ではなかった。

「自重してくだされ、ボス……いや、エルザどの……」

手を合わせながら口にしたのは、かつて横浜で世話になった女傑の名前。

遥香と同じく一児の母ながら男勝りのたくましさを誇り、女だてらに異国の地で商会を営むエルザは、亡きリチャードソンの恋人だった。

三

横浜と外界を隔てる関門は、居留地で暮らす人々にとって護《まも》りの要《かなめ》である。

設置が始まったのは三年前、安政六年（一八五九）暮れのことだった。居留地を含む一帯とつながる橋のすべてと波止場に置かれ、横浜を訪れる人々を検《あらた》める機能を果たしている。

とりわけ武士の通行が厳しく取り締まられたのは、攘夷《じょうい》の決行として異人斬りを目論《もくろ》む浪士の出没が絶えぬため。

彼らにとって、すべての外国人は敵であった。

女子どもであろうと、容赦はしない。

今や居留地で暮らす人々は戦々恐々。

各国の公使も事態を憂慮し、それぞれの本国に軍隊の派遣と駐留を要請し始めてはいるものの、すぐに対応できることとは違う。

とりあえず、自衛をするより他に無い。

危険を避けるにはまず、無用の外出を避けること。

夜間に出歩くなど、以《もっ》ての外《ほか》だ。

だが、エルザは凡百《ぼんぴゃく》の女人とは違う。

その夜もわざと居留地から抜け出し、凜々《りり》しい男装を月光の下に晒《さら》していた。

長身にまとっているのは、男物のシャツとズボン。

乳白色の肌に、洗濯の行き届いた白いシャツが映える。

夜が更ければ冷え込みの厳しい時期だけに、外套《がいとう》も忘れず羽織っている。首には緋《ひ》色《いろ》のスカーフを巻いて口元を隠し、寒さ除《よ》けにしていた。

今宵のエルザは仕事帰り。

波止場近くに構える商会で帳簿の整理を終えて、表に出てきたばかりだった。

静寂の中、エルザは粛々と進み行く。

谷戸《やと》橋が見えてきた。

番をしている神奈川奉行所の同心は、エルザとは顔馴染み。

「こんばんは、マダム」

番屋の前まで来たのを、中年の同心《どうしん》は愛想よく出迎えた。

肌や目の色が違っていても、美女と接するのは気分がいい。

初めて目にしたときには赤鬼ならぬ白鬼が来たと仰天したものだったが、慣れてくれば日の本の女は及びもつかぬほど顔立ちが整っており、脚の長さも小股が切れ上がっているという、月並みな褒《ほ》め言葉では物足りないほどであった。

相手が武士だろうと歯牙《しが》にもかけず、いつも颯爽《さっそう》としている様も格好いい。

それでも同心が開港場の番屋に詰めていた頃には、顔を合わせるたびに愛想笑いぐらいはしてくれたものである。

ところが、近頃は不愛想なこと極まりない。

いつも同心に寄越すのは、一枚の銀貨のみ。本来は禁じられている、夜間の通行を黙認させるためだった。

袖の下さえ貰《もら》えれば、目をつぶるのは問題ない。

それでも一言二言は、注意を与えずにいられなかった。

「またやるのかね、マダム」

「……………」

無言のまま、エルザは門を潜っていく。

今宵もまた、常の通りの反応だった。

このところ彼女が夜毎に繰り返しているのは、危険極まる行為だった。

異人ながら魅力溢《あふ》れる美女に命を落としてはもらいたくないし、彼女に狙われる連中も、見殺しにしたくはない。

今一度、同心は説得を試みた。

「お前さんの気持ちは分かるよ。しかしな、こんなことを繰り返したってどうにもなりゃしないんだ。そのぐらい分かっているんだろう？」

「……………」

やはり、答えは返ってこなかった。

エルザは日本語を心得ている。

まだ読み書きは満足にできないが、話すだけならば十分にやり取りできた。昨年まで出稼ぎに来ていた、江戸の菓子職人から手ほどきを受けたのだ。

言葉が理解できていながら応じないのは、その気が皆無であればこそ。

溜め息を吐《つ》きながら、同心は去りゆく背中に向かって告げる。

「リチャードソンを殺《や》ったのは薩摩のさむれぇだ！　係わりのない浪士をどんだけ冥土《めいど》に送ったところで、意趣返しにも何にもなっちゃいないんだよー！」

耳には届いたはずである。

それでも、答えは聞こえてこなかった。


関門の外に出たエルザは、大胆に歩を進めていく。

危険な行動だった。

関門を入った内側は関内《かんない》、外側の一帯は関外《かんがい》と呼ばれている。

関内の居留地で暮らす外国人たちにとって、外の世界は危険極まりなかった。

まして、今は生麦村の一件から日が浅いのだ。

夜間はもちろん、被害に遭ったリチャードソンたちが昼日中から刃を向けられたことを思えば、陽が高いうちも油断はできない。ましてエルザの如く女の身でありながら、たった一人で出歩く者などいなかった。

大名行列に出くわさないように気を付けてさえいれば、異人斬りの被害を免れることができるというわけでもない。

関外のあちこちに、攘夷浪士が潜んでいるからだ。

朝廷の許しを得ぬまま開国を断行し、外国人を追い払うどころか居留地まで提供している幕府の姿勢を批判する彼らは、実力行使も辞そうとしない。隙《すき》あらば関内に攻め込むべく、いつも様子を窺《うかが》っている。

他の外国人たちにとっては脅威そのものだが、浪士狩りをしたいエルザにとってはむしろ好都合。

向こうから来てくれるのだから、手間いらずというものだ。

腕に覚えがあればこその発想だったが、それにしても大胆すぎる。

日の本の男より体格が勝っていても、並の白人女に同じ真似など出来まい。

エルザには、同朋の男たちをも凌《しの》ぐ腕が備わっているのだ。

その夜の標的は五人だった。

遠目に関門の様子を窺っているところに、遭遇したのだ。

「あやつ、異人ではないか？」

「うむ、あの身の丈は間違いあるまい」

「ははは、向こうから出て参りおったか！」

「飛んで火にいる夏の虫だのう」

「血祭りに上げてくれようぞ！」

口々に言い合いながら、浪士たちは迫り来る。

両者の間合いが、たちまち詰まった。

まさか相手が女だとは、浪士たちも思ってはいない。

しかし、エルザには男装をしても隠せぬ色気がある。

体臭が強いぶんだけ、香水の匂《にお》いも濃かった。

しかも、酒の匂いまでする。

商会で残業をしながら、ブランデーを口にしていたのだ。

むろん、そんな香りで陶然となるほど攘夷浪士たちは甘くない。

エルザの正体に気付いても、迫る勢いは変わらなかった。

「うぬっ、女か！」

「おのれ、猪口才《ちょこざい》な‼」

怒声を強めて、浪士たちが一斉に斬りかかった。

刹那《せつな》、唸《うな》りを上げて鞭《むち》が飛ぶ。

束ねて後ろ腰に下げていたのを、エルザは一挙動で抜き打ったのだ。

「うわっ⁉」

したたかに鞭打たれた浪士が悲鳴を上げる。

身の丈こそ低いが筋骨たくましく、厳《いか》めしい顔付きの男だった。

まともに組み合えば、エルザとて勝てまい。

だが、遠間から仕掛ければこっちのものだ。

エルザの鞭さばきは正確そのもの。

避けることを許さず、続けざまに浪士を打ち据える。

酔っていれば、斯《か》くも俊敏には振るえぬはずだ。

遣い手の酒の強さに劣らず、手にした得物も強靭《きょうじん》そのもの。

浪士のぶんぶん振るう刀がかすめたぐらいでは、断ち切れない。
「ひっ！　ひいっ」
地面に転がされたまま、浪士は連続して鞭打たれた。
残る四人は茫然《ぼうぜん》とするばかり。
斯様《かよう》な反撃を食らうとは、誰も思っていなかったのである。
しかも、相手は女性《にょしょう》なのだ。
自分たちより大柄とはいえ、所詮は敵ではあるまい。
そう軽んじていた相手に、屈強な仲間がしたたかに打ち据えられている。
そもそも女が男を鞭打つなど、日の本ではほとんど有り得ぬこと。
まして、こちらは武士なのだ。
大奥のお偉方か、大名の正室でなくては為し得まい——。
異様な光景を前にして、四人の浪士は声も無い。
「ううっ……」
動けぬ仲間たちをよそに、その浪士は立ち上がった。
屈辱を覚えている余裕は無い。

ただただ、逃れることに懸命だった。

着物も袴《はかま》もぼろぼろにされてしまっていたが、見てくれなどはどうでもいい。

落とした刀もそのままに、よろめきながら浪士は駆け出す。

刹那。

「わわっ!?」

びゅっと飛ばした黒い鞭が、浪士の首に巻き付いた。

牛革を縒《よ》り合わせた鞭は丈夫な上に、刀より間合いが広い。まして遣い手が器用と来れば、容易に逃れることは叶《かな》うまい。

ただし、仲間が助けに入れば話は別だ。

「おのれ!」

我に返った浪士の一人が走り、鞭を断つ。

しかし、エルザに死角は無かった。

漆黒の闇を裂き、続けざまに銃声が轟《とどろ》く。

「ぐわっ!」

側面に回り込んでいた浪士がのけぞった。

エルザの得物は鞭だけではない。

右腰に拳銃を吊《つ》り、上着の裾《すそ》で隠していたのだ。

ピースメーカーと呼ばれる、コルト社製の拳銃の装弾数は六発。

一度撃つたびに弾倉をいちいち回転させなくてはならないが、慣れた者は右手で銃を握り、空いた左の手のひらで撃鉄を叩いて連射する、ファニングという技術を心得ているので問題はない。

弾切れするのを待とうとしても、無駄であった。

「う⁉」

撃ち尽くしたと判じた浪士が、斬りかかった瞬間に吹っ飛ばされる。

エルザは右腰だけでなく、左の腰にも銃を吊っていたのだ。

弾倉ごと交換できる後の世の拳銃と違って、ピースメーカーは弾を込め直すのに手間がかかる。金属製の薬莢《やっきょう》が発射するときの熱で膨張するため、軽く振った程度では空薬莢が取り出せないからである。

戦いの最中に、手間をかけている余裕は無い。

ならばもう一挺《ちょう》用意し、あらかじめ弾を込めておけばいい。

両手に構えて同時に撃たなくても、予備の弾倉として役に立てば十分なのだ。

エルザの射撃は続く。

相手が提灯《ちょうちん》を持っていれば、狙いを定めるのも容易《たやす》かった。

戦力の差は歴然。とても勝負になりはしない。

「お、おのれ……」

生き残った浪士たちは、這《ほ》う這《ほ》うの体《てい》で逃げ出す。

撃ち殺された同志の亡骸《なきがら》を担いで去ろうとしたのは、関門を護る神奈川奉行所に素性を知られたくなければこそだった。

大名のほとんどは、自ら攘夷を決行しようと考えてはいなかった。

幕府と朝廷の動きを静観しながら保身を図ろうとするばかりで、家中の士が勝手に攘夷を唱え、脱藩に及んでいるだけのことだった。

そんな浪士たちとて、完全に主家と決別したわけではない。主君の考えが攘夷派に変わったら帰参して、高い役職を得ようという野望もある。死んだ仲間の亡骸が役人の手に落ち、そこから身元を探られてはまずい。攘夷攘夷と言いながら、御用金と称して商人から活動の資金を脅し取ったり、後ろ暗いこともしているからだ。

国のために尽くしたいと唱える一方で、保身を図らずにいられないのだ。

エルザから見れば、笑止千万な振る舞いだった。

取り出しざまに構えたのは、三挺目のピースメーカー。

手製の銃帯で左脇に吊り下げ、巧みに上着で隠していたのだ。

轟音《ごうおん》が続けざまに響き渡った。

ファニングで見舞ったのは、あくまで威嚇《いかく》射撃。

逃げる者の背中を撃っては、さすがに寝覚めが悪い。むしろ仲間の亡骸を捨てて逃亡させ、後で恥を晒させてやったほうが面白いというものだ。

「わっ！」

「ひいっ」

足元に炸裂《さくれつ》する弾丸に恐れおののき、浪士たちは命からがら駆け出した。

硝煙の漂う中、エルザはホルスターに銃を収めた。

束ねた鞭も、後ろ腰の定位置に戻す。

逃げた浪士は、もはや影も形も見当たらない。残された亡骸だけが、しらじらとした月の光を浴びていた。

「ふん、こしぬけどもめ……」

十兵衛に習った日本語でのつぶやきは、呪詛《じゅそ》の響きに満ちていた。

そこに関門番の同心が駆けて来る。

手に手に六尺棒を携えた、配下の小者たちも一緒だった。

「派手にやってくれたな、マダム……」

死屍《しし》累々の有り様に、同心も小者も言葉を失う。

しかし、当のエルザは平気の平左。

「あとのことは、いつもどおりに」

それだけ言い置き、くるりと踵《きびす》を返す。

去り際に銀貨をひと摑《つか》み、同心に握らせるのも忘れなかった。

撃ち殺した浪士たちの亡骸を行路病死《こうろびょうし》——行き倒れの扱いで処理してもらうのはいつものこと。

公儀が攘夷浪士の増加に手を焼いており、死んだところで深くは追及しないのを見越した買収だった。

エルザの魅力に虜の同心は、拒みきれない。

少なからぬ金子《きんす》も毎度得られるとなれば、尚《なお》のことであった。

すべてを見越した上で、エルザは夜毎の凶行を繰り返しているのだろう。

「恐ろしい女だ……」

黙々と亡骸の片付けを始めた小者たちをよそに、同心はつぶやく。

文久二年の十月も半ばを迎え、夜の冷え込みは厳しくなりつつある。

陽暦で十二月の上旬となれば、当然だろう。

だが、同心の肌が粟立《あわだ》っていたのは寒さのせいだけとは違う。

「ぶるるっ、とても俺の手には負えねぇや……」

あの女に深入りしてはなるまいと、心に誓う同心だった。


リチャードソンの死を境に、エルザは変わった。

夜毎に関外に忍び出て、浪士狩りに励むばかりではない。

このところ、エルザは商いの上でも日本人を目の仇《かたき》にして止まずにいる。

あくまで損得勘定しか考えない輩《やから》も少なくない中で、エルザだけは違うと信頼を寄せていた日の本の商人たちも、失望を露《あら》わにするばかり。十兵衛が和泉屋《いずみや》仁吉《にきち》の嫌がらせを受け、菓子の材料が手に入らずに困っていたのを見かねて便宜を図ってくれた頃の優しさなど、今や微塵《みじん》も残っていない。

それほどまでに、恨みが深いのだ。

その証拠に、エルザは親しくしていた面々との付き合いを断ち切った。

生麦村で惨劇が起こった直後、まだ生死が不明だったリチャードソンの安否を案じて駆け付けた十兵衛をすげなく追い返したばかりか、横浜で用心棒になっていた日下部《くさかべ》五郎《ごろう》までお払い箱にし、着の身着のままで追い出した。あれから行方知れずになって久しい五郎のことなど、エルザは気にもしていない。

日の本のサムライは、すべて敵。

リチャードソンの仇と思えば、幾人撃ち殺しても構うまい。

深すぎる哀しみの余り、そんな妄執に囚われてしまっていたのだった。

四

品川宿は、東海道の玄関口である。

京の都へ上る者、逆に江戸まで下って来た者が行き交う交通の要衝は、軍事上も重要な役目を担っていた。

合戦は、兵だけで繰り広げられるものとは違う。

食糧や弾薬を運ぶ人馬なくして、戦いは続けられまい。

上からの指示書を速やかに届ける必要も、忘れてはならない。

品川宿にはそうした役割を担う機関として、公儀の問屋場《といやば》が置かれている。

味方のために役立ってくれれば頼もしいが、敵に奪われては一大事だ。

これまでは万が一にも有り得ぬことだったが、昨今の情勢を見る限り、楽観してはいられない。

和宮《かずのみや》を家茂《いえもち》公の正室に迎えてひとまず公武合体を果たしたものの、幕府に対する公家の不満は未だ収まらず、長州（萩《はぎ》）藩の毛利《もうり》氏を始めとする、関ヶ原の昔から徳川家に恨みの深い大名家が、呼応して動き出す可能性は否《いな》めなかった。

非常時に備え、品川宿をしっかり押さえておかなくてはなるまい。

幕閣は左様に判じ、警戒を強化させていた。

そんな警戒網を掻《か》い潜《くぐ》り、一人の若者が横浜から品川宿に入り込んだ。

笠の縁から覗《のぞ》く顔は小ぶりで、黒目がちの瞳が涼しい。下に巻いて隠しているのは、清国《しんこく》人の証《あか》しの辮髪《べんぱつ》。王《ワン》である。

常の如く、海路で江戸にやって来たのだ。

エルザに命じられてのことではない。

友人の看病に行くと偽《いつわ》り、屋敷を抜け出してきたのだ。

船賃はいつもと違って自腹だったが、惜しいとも思わない。

このところのエルザの乱行は、ただひとり側《そば》近くに残って仕える身にとって心配な限りだった。

今年で二十六歳になる王は、十兵衛とは親しい仲。

折に触れて横浜と江戸を行き来し、遥香や智音とも打ちとけている。

そんな交流も生麦村での一件以来、エルザにきつく止められていた。

にも拘わらず、黙って江戸まで出向いたのは、女あるじの身を案じればこそ。

今のエルザは酷すぎる。

自分が何を言ったところで、聞く耳など持ちはしない。

しかし十兵衛ならば、あるいは説得できるのではないだろうか。

ジェニファーのためにも、エルザには以前の優しさを取り戻してもらいたい。

そう願えばこその行動だった。


王が笑福堂に現れたのは、その日の昼下がり。

客が居ない隙を見計らい、顔を見せたのだ。

「久しいな。達者であったか、おぬし？」

「おかげさまでな……」

笠の下から笑みを返しつつ、王は問うた。

「十兵衛、二人だけで話ができるか」

「お客も居《お》らぬ故、ここでも構わぬぞ」

「はるかさんとともには、聞かせたくないのだ……」

「相分かった」

小声で告げた王にうなずき、十兵衛は二階に誘う。

ちょうど遥香は店が暇になった隙を見計らい、智音を連れて近所へ用足しに出かけていた。

二人きりになった上で、王は十兵衛に子細を明かした。

「エルザどのが左様な真似を⁉」

「もう俺ではどうにもならない。とめようとしたら、鞭で打たれた」

「左様であったのか……」

余りのことに、十兵衛に返す言葉は無い。

たしかに、遥香と智音に聞かせられる話ではなかった。

共にエルザと馴染んでいただけに、知れば落胆するだろう。

娘のジェニファーと仲良しの智音に至っては、心配だから横浜に行きたいと言い出しかねない。

二人には黙っておくとして、問題はエルザである。

「ひどいものだ。ボスはどうかしてしまったらしい……」

「左様に申してはなるまいぞ、王……」

窘《たしな》めながらも、十兵衛の胸中は複雑だった。

荒れるエルザの気持ちは分かるが、公私混同しすぎと言うしかあるまい。

すべての日本の侍が、異人斬りを屁《へ》とも思わぬわけではないのだ。

それにリチャードソンを手にかけた薩摩の藩士たちにしても、悪意があって刀を抜いたわけではなかった。

武士の習いとして、主君のために止むなく事を為しただけなのだ。

そんな事情は、エルザも承知の上のはず。

それでも、浪士狩りをせずにいられないのだ。

「リチャードソンどのがいなくなってしもうた寂しさに耐えられず、愚かな真似を繰り返しておるのやもしれぬな……」

「十兵衛も、そう思うのか」

王は言った。

「うむ……」

在りし日の光景を、十兵衛は思い出していた。

リチャードソンは苦労人だった。

紳士らしく振る舞っていたものの生まれた家は貧しく、少年の頃から働きに出て辛苦を重ねた末に立身し、交易商となるに至ったのだ。

一方のエルザは、別れた夫ともども貴族の出。

商人としての才も豊かで、馬術や銃の腕前まで上を行っていた。

あらゆる面で恋人よりも劣っていれば、男は焦りを覚えるものだ。年下だからといって、甘えてばかりはいられまい。なればこそ、必死になって努力するのだ。

亡きリチャードソンの向上心が旺盛だったことを、十兵衛は知っている。苦手な乗馬の稽古《けいこ》にも懸命に取り組み、エルザに追い付こうと励んでいたものである。

だが、そんな努力が裏目に出てしまった。

リチャードソンがエルザに甘えきりとなり、馬にも乗れなくていいと割り切っていたならば、遠乗りに出かけた先で命を落とすこともなかったはず。なまじコツを覚えてきたため自信を持ち、仲間に同行したのが仇《あだ》となってしまったのだ。

誰が悪いわけでもない。

愛しい女性のために男が努力するのは、ごく自然なことである。

十兵衛自身も遥香のためには労を厭《いと》わず、命を懸けて戦うのも厭わない。なればこそリチャードソンの気持ちが分かるし、乗馬の稽古に励むのを応援もした。今となっては止めておくべきだったのだが、悔いても遅い。

エルザの苦悩は、十兵衛どころではないだろう。

もしも彼女が何事も自分の上を行く、完璧な英国紳士を恋愛対象に選んでいれば万事が丸く収まったはず。若く未熟なリチャードソンと付き合ったがために数々の無理をさせてしまい、あげくの果てに死なせてしまったのだ。

ただでさえ、愛しい者に先立たれるのは悲しいこと。まして自分が原因を作ったとあれば、胸が張り裂けるどころではあるまい。

その悲しみが、彼女を浪士狩りに駆り立てているのではあるまいか——。

十兵衛は王を見やり、ぼそりとつぶやく。

「……やはり、エルザどのは悔いておるはずぞ」

「……そうだな」

十兵衛と王はうなずき合う。

理由はどうあれ、乱行を止めるのが先である。

本当に、エルザはどうしてしまったのか。

以前は日本びいきだっただけに、豹変《ひょうへん》ぶりが痛々しい。

誰よりも胸を痛めているのは、亡きリチャードソンに違いない。

そのことを、如何《いか》にしてエルザに分かってもらうかだ。

容易に為し得ることではない。

十兵衛に安請け合いはできなかった。

「おまえでもむずかしいのか、十兵衛」

「……すまぬ」

「そうか……分かった」

王は静かにうなずいた。

無理強いをしなかったのは、思案の末のことと受け取ればこそ。

文句のひとつも言わず、出された菓子と茶を黙って味わうばかりだった。

それでも、感心すれば自《おの》ずと声は出る。

「これはなんだ。うまいな」

「こつぶまんじゅうと名を付けた。おかげでよう売れておる」

「それはよかった」

王は微《かす》かに頬《ほお》を綻《ほころ》ばせた。

もはや、十兵衛を頼るつもりはない。

かつて苦しい折に助けたことを、恩に着せる気もなかった。

笑福堂が繁盛するに至ったのは、あくまで十兵衛の努力の成果。

そう思えばこそ、無理強いをしなかったのである。

五

「何かあったら知らせてくれ。すぐさま駆け付ける故な」

「分かった。そのときは頼むぞ、十兵衛」

「承知した。そのときは、な……」

王の見送りに出た十兵衛の胸中は、苦しい限りだった。

「お構いもせずに申し訳ありませぬ。エルザさまによしなにお伝えくだされ」

「またきてねー」

笑顔で見送る遥香と智音は、王が訪れた真の理由を知らない。

(まことにすまぬ、リチャードソンどの……)

亡き友のためにも愚かな真似は止めさせたいが、恩人と揉《も》めたくない気持ちもある。

エルザが一本気な質なのは、もとより承知の上である。

なればこそ夫と別れ、女手一本で子どもを育てながら自立して、男たちも顔負けの商才を発揮できているのだろう。

しかし、今度ばかりは持ち前の強さが裏目に出てしまったらしい。

(いや、違う)

正しく言えば、彼女は強いわけではあるまい。

弱い女であるが故に、感情を抑えられないのだ。

沸き上がる怒りの赴《おもむ》くままに、浪士狩りをせずにいられないのだ。

何とも困ったことだった。

今は何を言ったところで、エルザは聞く耳など持つまい。

十兵衛がもう一度出向いたところで十中八九、無駄だろう。

下手《へた》に刺激しては逆効果。

リチャードソンの墓にも参りたいが、二の足を踏んでしまう。

今は、陰で供養をするより他にあるまい――。

そんな十兵衛を動かしたのは、智音の思わぬ一言。

言われたのは王を見送り、暖簾を潜って早々のことだった。

「エルザおばちゃんは大丈夫なの？」

「大事ありませぬ。男勝りなお人にございますれば……」

無邪気な問いかけを、十兵衛はさらりとはぐらかす。

しかし、少女は意外に執拗《しつよう》だった。

しかも、的を射たことを言う。

「でも、ジェニファーは違うよ」

「そ、それは……」

「まもってあげて、十兵衛」

「むむ……」

十兵衛は困惑した。

智音から頼みごとをされるなど、初めてのことである。

しかも自分たち母娘ではなく、赤の他人に手を貸せと言ってきたのだ。

されど、即答できるものではない。

言葉に詰まったまま、十兵衛は智音に背を向ける。

と、遥香が口を挟んできた。

「そうしてあげてくだされ、十兵衛どの」

「御前さま」

「お話は余さず耳にいたしました。私からもお頼みいたしまする」

「何と……」

十兵衛は重ねて驚いた。

いつの間に聞かれていたのだろうか。

もとより、十兵衛は勘働きの鋭い質。

菓子作りと並行して身に付けた剣の技量が抜きん出ていればこそ、遥香と智音を連れて国許から脱出し、差し向けられる刺客を幾度も退けることができたのだ。

しかし、遥香と智音には甘い。

王とのやり取りもまさか盗み聞きされるとは思ってもおらず、まったく警戒していなかったのである。

「はしたない真似をいたし、申し訳ありませせぬ」

申し訳なさそうに遥香は言った。

それでいて、十兵衛に向ける視線は凛《りん》としている。

告げる口調も力強かった。

「エルザさまの所業は決して褒められたものではありますまい。されど、すべては女子《おなご》なればこそ……お分かりでありましょう」

「御意」

うなずく十兵衛に、遥香は続けて言った。

「愛しい殿御を亡き者にされてしもうて、怒りに我を忘れぬ者は居りませぬ。それは私も同じです」

「えっ……」

十兵衛はまじまじと見返した。

「御前さまも、でありますか？」

「はい」

驚きを隠せぬ十兵衛に、遥香はこくりとうなずき返す。

「できることならば、この手で外記めに引導を渡してやりとうございまする」

「…………」

十兵衛は絶句せずにいられない。

いつも優美な遥香らしからぬ、烈《はげ》しい一言であった。

女人の愛情とは、斯くも深いものだったのか。

改めて、十兵衛はそう思わずにいられない。

ともあれ、エルザを救わねばなるまい。

留守中の遥香と智音の警固《けいご》は、石田甚平《いしだじんぺい》と佐野美織《さのみおり》にならば任せておける。

いつもは好意に甘えるのを潔《いさぎよ》しとしない十兵衛だったが、今はエルザのことが気にかかる。

六

智音と仲良しのジェニファーも、護ってやらねばならなかった。

翌日の朝、十兵衛は草鞋《わらじ》を履いた。

留守の間に店で売る菓子をあらかじめ、夜通しかかって作り置きした上のことである。日持ちのするものばかりにならざるを得なかったが、こつぶまんじゅうを新しく、品揃えに加えておいたのは幸いだった。

「大事ありませぬよ、十兵衛どの。お店の切り盛りは、委細お任せくだされ」

川風に舞う暖簾を背中に、遥香は頼もしく胸を張ってみせる。

「あたしだって、母上にはまけないもん」

すかさず真似をする智音が微笑ましい。

美織も朝の稽古を休んで、見送りに駆け付けていた。

「殿御がいざというときに手許不如意では顔が立つまい。さぁ、遠慮なさらずにお持ちなされ」

遥香と智音に分からぬように路地へ連れ出し、そう言って渡してくれたのはずっしり重たい紙入れ。

旅先では何かと物入りなのを承知の上で用意した、心尽くしの餞別《せんべつ》だった。

「そんな、お気持ちだけで十分にござる」

「こちらも一度出したものは引っ込められぬ。さ、早《はよ》う！」

「は、はい」

致し方なく、十兵衛は紙入れを懐に収めた。

エルザと美織は、どこか似ている。

いつも男装で過ごしているのも同じだが、こうと決めたら梃子《てこ》でも動かない。

ここは有難く、好意に甘えるべきだろう。

「かたじけない、美織どの」

「滅相もござらぬ。お気を付けて、行って参られよ」

「されば、御免」

笑みを返し、十兵衛は先に立って歩き出す。

店の前で待っている、遥香と智音の見送りを受けるのだ。

離れて立った美織の横顔は、どこか切なげ。

できれば付いて行きたかった。


関内に入ったのは、ちょうど夕暮れの間際だった。

小高い丘を昇っていく十兵衛の背中を、沈み行く夕陽が照らしている。

横浜の港を眼下に望む丘の上にはさまざまな横文字を刻んだ墓石が立ち、あるいは地面に埋められている。

山手の丘に設けられた、外国人墓地である。

十兵衛は宿を決めるより先に、旧友に会いに来たのだ。日が暮れてから墓参りをするのは慎むべきことと言われるが、そうしなくては居ても立ってもいられないのだから、致し方あるまい。

おおよその場所は、王から聞いている。陽が沈む寸前に、何とか探し当てることができたのは幸いだった。

「遅くなってしもうたな、リチャードソンどの……」

十兵衛は厳《おごそ》かに手を合わせる。

すぐ足元に亡骸が埋まっていると思えば、地を踏む足も自ずと離れがちになろうというもの。

剣術の稽古をするときの摺《す》り足以上にかかとを浮かせ、十兵衛はほとんどつま先立ちになっていた。

「南無……」

闇に包まれ始めた墓地の中、十兵衛は一心に念仏を唱える。

と、その背に向かって呼びかける声がした。

「久しぶりだの、小野《おの》十兵衛」

「五郎どの？」

ハッと振り向いた先に立っていたのはやや年嵩《としかさ》の、恰幅《かっぷく》のいい浪人。

十兵衛より更に大きく六尺豊かな、堂々たる巨漢である。

以前と違って少々やつれてはいるものの、持ち前の豪快さは健在だった。

「しばらくだったな、おぬし」

いかつい顔をほころばせ、浪人は十兵衛の肩を叩《たた》く。

日下部五郎、三十六歳。

かつて岩井《いわい》信義《のぶよし》の命を狙い、十兵衛と対決した水戸浪士である。

説得されて五郎は攘夷運動から足を洗い、十兵衛の仲立ちによってエルザの商会で働く運びとなって、長らく用心棒を務めていた。出会った当初はいつ異人斬りに及んでもおかしくない危険を孕《はら》んでいたものだが、逆療法になると判じた十兵衛に横浜に連れて行かれ、異国への理解を深めた今は、無謀な戦いを挑んではなるまいと心得ている。それどころかエルザに惚《ほ》れ込み、熱っぽく迫っていたものだが生麦村での一件を境にして、お払い箱にされてしまっていた。

ともあれ、再会できたのは喜ばしい。

宵闇の中、二人は連れ立って歩を進める。

五郎に連れて行かれたのは、十兵衛には馴染みのない一画だった。かつてエルザの世話になっていた頃には王と共にあちこち出向いたものだが、まだまだ知らないところがあるらしい。

「そちらの路地には入ってはいかん。身ぐるみを剝《は》がされるぞ」

道に迷いかけた十兵衛の腕を、ぐいと五郎が引っ張る。

「この界隈《かいわい》は油断ができん。なればこそ退屈せぬのだが……な」

「今やおぬしのほうが詳しいのだな、五郎どの」

うそぶく様を、十兵衛は感心しながら見やる。

応じて、五郎は胸を張ってみせた。

「当たり前ぞ。横浜は俺の庭だからな」

「ふっ、大きく出たな」

「ははは……」

笑みを交わしながらも油断せず、二人は溌剌《はつらつ》と歩を進めていく。


十兵衛は五郎に案内され、ねぐらにしているという安宿で草鞋を脱いだ。

王がこっそり紹介してくれた、横浜で働く清国人たちの町にある民宿だ。

部屋貸しをしている老夫婦は不愛想極まりなかったが、飯だけは美味かった。

満腹し、部屋に戻った二人は改めて言葉を交わした。

五郎もまた、リチャードソンの墓のことが気にかかっていたという。

「関門でおぬしの姿を見かけての、声をかけようと思うているうちにずんずん山手の墓地へ向かっていくのでな……あの若造の墓参だろうと察しを付けた」

「成る程。それにしても、よく場所が分かったな」

「前にも参ったことがあるのだ。納棺の折に、な」

「されど、エルザどのにお役御免にされていたのであろう？」

「こっそり見ておったのだ。わぁわぁ泣いてしもうて、どうにもならぬ体であったぞ。ちびも困り果てておったわい」

「ジェニファーは気丈だったのか」

「あれは小さいがしっかりしておる。母親にぴったり寄り添い、倒れぬように踏ん張って支えておったぞ。ま、結局は王が抱えて連れて行ったが……な」

「左様であったのか。できれば拙者も焼香をさせてもらいたかったぞ」

「あちらの習わしでは花を捧げるのだがな……何もできなんだのは俺も同じぞ」

「左様か……」

二人は顔を見合わせ、溜め息を吐《つ》く。

エルザに嫌われ、遠ざけられたという点では共に同じ立場である。

違いと言えば、五郎は男として彼女に執着していたところ。

無情に追い払われた後も居留地に密《ひそ》かにとどまり、ずっと陰でエルザたちのことを見守っていたのだ。

今もまだ、想いは変わっていないのである。

白い肌と青い瞳の異人の女を我がものにしてみたい、という下世話な気持ちだけならば、とっくに醒《さ》めていただろう。

見た目によらず、五郎は純情だった。

「見苦しいと思うか、おぬし」

「いや、そうは申さぬよ」

答える十兵衛の声は真剣そのもの。

友の純な想いを笑うつもりなど、毛頭無い。

亡きリチャードソンも、そう思っていてくれればいいのだが――。

「どうだおぬし、一杯やるか」

五郎が小さな甕《かめ》を取り出した。

「宿のおやじがいかさま博打《ばくち》で背負わされた借金を帳消しにしてやってな、礼だと言うて寄越したのだ。なかなかいけるぞ」

「随分ときつそうだな……。何と申すのだ」

「たしか、老酒《ラオチユウ》と言うておったな」

「成る程、なかなかよき香りがするなぁ」

「おぬしの菓子に使えるやもしれぬな。ほれ、味見をせい」

「かたじけない」

十兵衛は片手拝みし、五郎が持ってきた湯飲みを受け取る。
しかし、芳醇《ほうじゅん》な一杯を味わっている余裕はなかった。
宿のおやじが、息せき切って駆け込んできたのだ。
表から戻ったばかりらしく、肌が強張《こわば》っている。
理由は寒さだけではなかった。
「ボスの商会が襲われたってのかい、とっつあん⁉」
「急ぎ参るぞ、五郎どの」
すでに十兵衛は腰を上げていた。
常の如く、刀は帯びていない。
脱いでおいた袖付きの道中合羽《どうちゅうがっぱ》を着こみ、きっちり前を合わせる。
冷静に支度を始めたのを目にして、五郎も落ち着きを取り戻した。
まずは甕の老酒を湯飲みに注《つ》ぎ、一口含む。
続いて、傍らに置いた刀を取る。
五郎の刀の柄《つか》は長かった。
刀身も古《いにしえ》の太刀並みと来れば、調子（バランス）を取るために、自ずと柄も長めになってくる。

その長柄に向かって、ぷーっと老酒を吹き付けたのだ。

「よし……参るぞ」

ずいと立ち上がる姿は闘志も十分。

滑り止めに柄を湿らせるついでに啜《すす》った酒で、気も落ち着いていた。

七

その頃、エルザは危機に見舞われていた。

行きすぎた浪士狩りが災いし、関門を越えて居留地に乗り込んだ、攘夷浪士の一団に商会を襲撃されたのだ。

「あそこだ！」

「鼠《ねずみ》一匹逃がすでないぞ！」

怒号を上げながら迫る浪士の頭数は、二十人を超えていた。

異国人の会社がまとまって建っている場所は、横浜の港の近く。

夜陰に乗じてのこととはいえ、近隣の社長たちが気付かぬはずはない。

しかし誰一人として、助けに駆け付ける者などいなかった。

勝手に命を落とせばいい。そう言わんばかりの態度である。

これまでエルザに世話になった者も多いというのに、薄情なものだ。

同じ白人でありながら誰もが我関せずを決め込んだのは、エルザに呆《あき》れていればこそだった。

自分たちは、商売をしに来日している。

白人の感情としては日の本の人間を劣った民族と思っていても、ビジネスの上では良好な関係を維持したい。

それなのにエルザは恋人を殺されておかしくなり、すべての日本人を敵と見なすようになってしまった。

困ったことである。

自分たちまで同じだと思われては、ビジネスが上手《うま》くいかなくなる。

そればかりか、攘夷浪士に襲われる危機を招きかねない。

横浜の居留地全体が、焼き討ちされるかもしれないのだ。

そこで、居留地の外国人一同はあらかじめ意見を統一していた。

たとえエルザが手に負えぬほど危険な目に遭っても、助けはしない。

道で襲われたり、商会や屋敷が襲撃されても神奈川奉行所には通報せず、自ら銃を手にして、援護射撃をすることも控えなくてはなるまい。

当のエルザを爪弾《つまはじ》きにした合議の上で、そう決めたのだ。

軽はずみなエルザに同調しなければ、攘夷浪士たちもこちらには手を出すまい。

何事も、わが身を護るためである。

かくして、エルザは孤立無援と相成った。

幼い一人娘のジェニファーを抱え、唯一の味方は王のみ。

「こっちだ、ボス！」

ジェニファーを抱えたエルザを先導し、王は商会の裏口に急ぐ。

しかし時は遅く、すでに敵の手が廻《まわ》っていた。

「ヤッ！」

路地の曲がり角から突き出されたのは、鋭い鑓穂《やりほ》。

身軽な王でなければ、串刺しにされていただろう。

「アチョーッ！」

かわしざまに見舞った蹴りで、浪士は吹っ飛ぶ。

だが、後続の敵も手強かった。

「手下はあやつのみだぞ！」

「斬れ！　斬ってしまえ！」

浪士たちの怒号が暗がりに響き渡る。

抜き連ねた刀身がぎらつく。

王ひとりでは、いつまでも防ぎきれない。

と、二人の浪士がのけぞった。

「う！」

「ぐわっ」

背後から当て身を浴びせられたのである。

旅装束に身を固めた、長身の男の仕業であった。

「ジュウベエ……」

「大事ござらぬか、ボス」

助けに入ったのは一人だけではなかった。

「俺も居るぞ」

「ゴロウ、なのか⁉」

「はははは、ご名答だ」

豪快に笑いながら振るう刀は、並より長い。

流行《はや》りの新々刀ではなく、古の太刀を拵えだけ打刀《うちがたな》に替えた豪剣だ。

操る技量も、常人の域を超えていた。

十兵衛にとっては、安心して背中を任せられる仲間である。

「そちらは任せたぞ、五郎どの」

「応！」

獅子《しし》奮迅《ふんじん》の働きにより、浪士たちは一掃された。

八

この一件は、公儀の判断によって不問に付された。

居留地が攘夷浪士の襲撃を受けたとは、できれば表沙汰《おもてざた》にしたくはない。幸いなことに居留地側には一人の死傷者も出ず、建物の被害も最小限で食い止められた。もしも火の手が上がっていれば揉み消しようもなかったが、こたびの程度ならば何とかできる。軍を駐留させるという各国の公使からの要求をいよいよ呑《の》まなくてはならなくなったが、安全を守るためには、それも止むを得ない話である。

かくしてエルザも責任を問われることなく、無罪放免と相成った。

とはいえ、何事も無かったわけではない。

今や彼女は、居留地の鼻つまみ者だ。

そんなことは、当人が一番よく分かっている。

気が乱れたせいとはいえ、同朋を始めとする人々に多大な迷惑をかけてしまったのは事実なのだ。

もはや横浜には居られない。

どのみち去らねばならぬのなら、引き際は潔くするのが肝要。

そう己に言い聞かせ、自ら答えを出したのだった。

かくしてエルザはジェニファーを連れ、王の縁を頼って上海に商会を移す運びと相成った。

旅立ちの前日、十兵衛は台所に立っていた。

エルザの屋敷ではない。

安宿の台所を借りて、別れの土産《みやげ》を拵えているのだ。

ぼろ家と思いきや、設備はなかなかいい。

拵えこそ粗末だったが、天火まで置いてあった。

「祝いごとがあるたびにみんなであつまって、うまいものをこしらえるのだ。俺もここには、よく立ったものだよ……」

懐かしげに微笑む王にも手伝ってもらい、十兵衛は粉を練る。

天火を使って焼き上げたのは、西洋菓子のビスケット。

割ってみると、固いながらもしっとりしている。

ビスケットは長期に亘《わた》って保存できる、航海用の糧《かて》でもある。

日保《も》ちするのは、たしかにいい。

しかし食べる楽しみもなくては、旅路は疲れる。

傷心の旅となれば、尚のことだ。

そこで十兵衛が考えたのは、パンとビスケットの中間に仕上げること。

以前に手がけた、スコーン作りを応用すればいい。

「こんなところか……。いや、今少し減らしてみるか」

粉を練り上げていく十兵衛の目付きは真剣そのもの。

水気が残っていては傷みやすいが、完全に固くはしない。

そんな工夫の甲斐《かい》あって、生まれた一品だった。


港から望んだ海は穏やかだった。

しきりに飛び交う鷗《かもめ》たちは、どうやらビスケットを狙っているらしい。

「味見はそのぐらいにして仕舞ってくだされ、ジェニファーどの」

「やだよ、だっておいしいんだもん！」

ジェニファーは、だいぶ日本語が達者になっていた。

「お腹《なか》を痛《いと》うされても知りませぬぞ」

「へん、いいもんねー」

憎まれ口も今は愛らしい。

十兵衛は明るい心持ちだった。

悪い印象を与えたままで横浜を離れさせては、悔いが残る。

そう思えばこそ工夫を込め、ビスケットを焼き上げたのだ。

保存食の域を超えた美味しさには、尽きぬ感謝の念、そして人種を超えた友情が籠《こ》められていた。

そんな十兵衛をよそに、五郎はずっと黙っていた。

せっかく見送りに来ていながら、何としたのか。

と、五郎がおもむろに顔を上げた。

打ち沈んでいるのかと思いきや、精悍《せいかん》な顔に浮かぶは満面の笑み。

明らかに、決意を固めた顔であった。

果たして、口にしたのは意外な一言。

「俺も行くぞ」

「は？」

「上海までボスに付いて行く。左様に申しておるのだ」

「五郎どの……」

十兵衛は絶句した。

日の本で暮らす身としては、ごく当たり前の反応であろう。

五郎が言い出したのは、無謀極まりないことだった。

幕府の使者でもない身で、異国に渡れば密航者。監視の役人に気付かれず、首尾よく海を越えたとしても、二度と日の本には戻れない。

しかし当の五郎には、迷いも悔いも皆無であった。

「俺を見限れば後悔するぞ、ボス。ははははは」

「しかたないねぇ」

豪傑笑いに押し切られ、エルザは微笑む。

王も口元を綻ばせていた。

自分だけでは、あるじ母娘を護り切れない。

そう痛感した身にとって、五郎は頼もしい存在。

エルザを口説き落とせるかどうかは、彼自身の問題だ。

裏切らず、役にさえ立ってくれればそれでいい。

青空の下に汽笛が鳴り響く。
乗船した三人は、晴れやかな面持ちで十兵衛を見返す。
五郎はと言えば荷物に紛れ、いち早く船倉に納まった後である。
何とか無事に、上海まで辿《たど》り着いてほしいものである。
たとえエルザへの想いを遂げられなくても、五郎は後悔しないだろう。
人は皆、新たな天地を求めずにいられぬ存在。
志が破れた身にとっては、尚のことだ。
かつて攘夷浪士だった五郎にとって、異国人はすべて敵でしかなかった。
それが今では味方となったばかりか、恋慕の対象にまでなっている。
変節したとは十兵衛には思えない。
何であれ、新たな生き方を見出《みいだ》すのは喜ばしいことだ。
「さらば……」
遠ざかる船を見送りながら、幸多かれと祈る十兵衛であった。

第二章　千歳飴

一

今日も朝から冷えていた。

江戸は十一月の半ば。

陽暦ならば年が明け、いよいよ寒さも厳しい時季。

息を白くしながらも、子どもたちは元気いっぱい。

「わーい！」

「待てっ！」

声を張り上げ、午後の青空の下を駆け抜ける様が微笑ましい。

笑福堂の台所に立つ十兵衛にも、窓越しに明るい声が聞こえてくる。

「ふふ……」

笑みを誘われながらも、手は休めない。

煮詰めた水あめを飽くことなく、繰り返し、何遍も引いては伸ばす。

店は暖簾を一旦仕舞って休憩中。

十兵衛が集中して拵えていたのは、七五三用の千歳飴《ちとせあめ》だった。

わが子の健やかな成長を氏神様に祈願すると同時に親が買い与える、この棒飴の歴史は古い。発祥の地は江戸の浅草で、千年飴や寿命糖と呼ばれた当時から、長い化粧袋に入れて売られていたという。

紅白の二色に染め分けた飴の形を、十兵衛は丹念に整えていく。

遥香は二階で机に向かい、飴を入れる化粧袋の下絵を描くのに忙しい。

「うーん、ここはやはり松竹梅……それとも鶴と亀にしましょうかねぇ……」

悩みながらも手を休めずにいるのは、階下で励む十兵衛と変わらない。

それぞれ集中せずにいられないのも、理由有ってのことだった。

千歳飴を贈る相手は今年で七歳と三歳になる、近所の姉妹。

そして飴作りを頼んできた祖父は、孫娘を溺愛《できあい》して止まない豪商だった。十兵衛たちが暮らす深川元町で手広く商いをしている、大店《おおだな》の隠居である。

結構な礼金を積まれての頼みとはいえ、いつもであれば断っていただろう。

笑福堂の品揃えに、飴の類《たぐ》いは入っていなかった。

十兵衛がまだ国許に在った頃、旅の兵法者から肥後流の居合《いあい》と共に教わった朝鮮飴の製法を会得してはいるものの、作り慣れた餅菓子と比べれば自信が無い。

遥香の場合は尚のこと、自信など皆無であった。

絵を描くのは、少女の頃から続けてきた趣味である。

とはいえ、本格の修業まで積んだわけではない。

亡き祖父が江戸勤番のお土産代わりに持ち帰った、古びて破れ目だらけの『北斎《ほくさい》漫画』を手本にして毎日飽きずに励んだものだが、少々上手かろうと素人《しろうと》芸でしかないのも承知の上だ。

それでも一肌脱いだのは、愛娘《まなむすめ》の顔を立ててやりたいと思えばこそ。

千歳飴を贈る姉妹は、智音が妹のようにかわいがっている娘たち。

下手なものを拵えては、友だち付き合いにも障《さわ》りが出てしまう。

ここは一番、気合いを入れねばなるまい。

そのように十兵衛と二人で申し合わせ、懸命に取り組んでいた。

しかし、大人が集中する様は、子どもにとっては退屈なものである。

大好きな母親が、自分の大事な友達のお祝いをするために励んでくれているのだと分かっていても、沈黙が続くのは耐えがたい。

脇目もふらず勤《いそ》しむ遥香をよそに、智音は立ち上がった。

足音を殺し、そーっと階段を降りていく。

土間に降り立ち、勝手口から出て行く智音に十兵衛は気付いていない。集中力がありすぎるのも、いささか考えものだった。

店の勝手口は、長屋の路地とつながっている。

近所のちび連だけでなく、仲良しの姉妹も笑福堂の裏に集まっていた。

「あっ、ともちゃん！」

妹のほうが、ぴょんぴょん跳び上がりながら手を振った。

姉は小さな妹の肩を抱き、にっこり智音に微笑みかける。

四つ違いの姉と妹は、よく似ている。

福《ふく》、七歳。

夢《ゆめ》、三歳。

まるい顔につぶらな瞳が愛くるしい。
「ねぇねぇ、あそぼうよう～」
黄色い声を張り上げるお夢に応じて、智音は手を振る。
花柄の着物の袖を風にそよがせ、駆け寄る顔には満面の笑み。
お福と二人で手を取り合い、お夢を真ん中に挟んで走り出す。
そんな智音を、一人の武士が笑顔で見送っていた。
「随分と活発になったものだの……ふふっ、善《よ》きことだ」
感心してつぶやく口調は、貫禄も十分。
五尺そこその短軀《たんく》ながら筋骨たくましく、顔の造りもいかめしい。
石田甚平である。
笑福堂を訪れたのは久しぶりのことだった。

二

駆け去る子どもたちを見送ると、甚平も歩き出す。

路地の奥の井戸を借り、眠気覚ましに顔を洗っていたのである。

昨夜は宿直《とのい》を命じられ、夜明けまで信義の寝所の警固に就いていたため、一睡もしてはいなかった。

主持《しゅうも》ちの侍にとっては当然の務めであり、しんどいとはまったく思っていない。

岩井家に召し抱えられる以前、食うや食わずで毎日を過ごした、浪々の身だった頃と違って今の暮らしは満ち足りている。何の不満も有りはしない。

ともあれ、早く十兵衛に用を頼みたい。

恩人の一家のために、作ってもらいたい菓子があるのだ。

多忙にかまけて頼みに足を運ぶのが遅れてしまい、贈らねばならない日にちが迫っている。

できれば、今すぐにでも承知させてしまいたい。

徹夜明けに仮眠もとらず、深川まで出向いたのも、そのためなのだ。

甚平は路地を抜け、笑福堂の前に出た。

なぜか障子戸は閉じられ、暖簾も仕舞われている。

「妙だのう、まだ陽は高いと申すに……」

不思議そうに首を傾《かし》げつつ、甚平は訪《おとな》いを入れた。

「御免」

返事は無い。

「御免、御免」

再び呼びかけても、答えはなかった。

「うーむ……」

いかつい顔が不安に曇る。

少し迷った後、甚平は障子戸に手を掛けた。

心張《しんば》り棒の掛かっていない戸は、すんなり開く。

十兵衛は奥の台所に立ち、夢中になって手を動かしていた。

(やれやれ。こんなことならば勝手口から様子を見ておけばよかったのう……)

安堵《あんど》しながら甚平は敷居を跨《また》ぐ。

やっと十兵衛は気付いてくれた。

「石田さま?」

「久しいのう、十兵衛」

驚いて顔を上げた十兵衛に、甚平はにこにこしながら呼びかける。
武骨な甚平が愛想笑いを振り撒《ま》くことなど、誰に対しても珍しい。
しかるべき理由が有ってのことなのは、十兵衛にも察しが付く。
甚平には日頃から世話になっている。
いざというときに頼りにできる、心強い助っ人でもあった。
何か用事があるのなら、もちろん無下にはしない。
ただし、今は手が離せなかった。
「取り込み中にござれば、しばしお待ちくだされい」
「それは構わぬ……っ、続けてくれ……」
甚平はうわの空で答える。
どうしたことか、じっと十兵衛の手許を見つめていた。
そこに階段の軋《きし》む音。
遥香が二階から降りてきたのだ。
手にしていたのは、化粧袋の絵。
仕上げ前なので色までは付けていないが、画仙紙に描き出された鶴と亀は、活き活きとした躍動感に満ちている。それでいて顔はどちらも可愛らしく、ちょこんとした亀の瞳が、何とも微笑ましい。

「まぁ、石田さま？」

階段の半ばで立ち止まり、遥香が驚いた声を上げる。

気付いた甚平が視線を転じた。

そのとたん、いかつい顔がハッとなる。

「そ、それは千歳飴の袋ではござらぬか」

「はい、左様ですが」

「何と……」

「お恥ずかしゅうございまする」

甚平が呆然《ぼうぜん》とするのを前にして、遥香は顔を背《そむ》ける。

絵が素人なのは、当人も重々承知の上。

拙《つたな》い出来と見なされたのだと思い込み、頬を赤らめずにはいられない。

しかし、続く甚平の反応は意外なものだった。

「ご両人に、伏してお頼み申し上ぐる……」

「は？」

「その飴と袋が欲しい！　この通りじゃ！」

そう告げるなり、がばっと平伏したのだ。

「まぁ……」

遥香は慌てて階下に降り立った。

殿方に頭を下げられるだけでも恐縮するというのに、高いところから見下ろしたままではいられない。

「お顔を上げてくださいまし、石田さま」

「左様にござるぞ、水くさい……」

戸惑う遥香に続き、十兵衛も呼びかける。

紅白の飴は、ちょうど仕上がったところであった。

とはいえ、完成したわけではない。

遥香に任せた化粧袋と同じく、まだ試作をしている段階なのだ。

智音が戻ったら試食をしてもらい、じっくり感想を聞いた上で、十五日の本番に向けて作り直すつもりだった。

もしも甚平が興味を抱き、持って帰りたいというのであれば、それはそれで構うまい。何も土下座までしてもらうには及ばなかった。

取り急ぎ階段の下から台所に取って返すと、十兵衛は千歳飴を持ってきた。遥香の下描きは渡すわけにはいかないため、包むのには有り合わせの紙を用いた。

「どうぞお持ちくだされ。お口に合えば、幸いにござる」

腰をかがめ、十兵衛は笑顔で呼びかける。

しかし、甚平は顔を上げようとはしない。

それどころか、更に深々と頭を下げる始末だった。

「石田さま……」

十兵衛は溜め息を吐いた。

このままでは、何としたらいいのかが分からない。

困っていたのは、遥香も同じである。

理由を問いただそうにも、相手が殿方では遠慮も多い。

一体、甚平はどうしろというのだろうか――。

困惑する十兵衛と遥香の耳に、か細い声が届いた。

「……そういうことではないのだ、十兵衛」

「されば、どのようなご所望にござるか」

「無理を承知であと二組、化粧袋ともども揃えてもらいたい……」

甚平は歯切れが悪かった。

このままでは、時が余計に掛かるばかりである。

「はきと仰《おお》せになってくださいまし」

遥香は先を促した。

口調こそ柔らかいが、目力は強い。

「石田さま」

すかさず十兵衛も畳みかける。

「相すまぬ。己の用向きで菓子作りなど頼むのは、なにぶん初めてのことなのでな」

照れくさそうに、甚平は事の次第を明かしてくれた。

「ご両人の腕を見込んでお頼み申し上げたい。それがしが大恩を受けし御仁の可愛らしき孫娘たちのために、な……」

甚平が千歳飴を贈りたい相手とは、何とお福とお夢。

そして恩を受けた御仁というのは二人の祖父である、ご隠居のことだった。

三

「お騒がせして相すまぬ。急ぐ余りに、つい取り乱してしもうた……」

「大事ござらぬか、石田さま」

「もう一服いかがですか」

「うむ、かたじけない」

遥香に茶を淹《い》れてもらって落ち着いた甚平は、改めて話をしてくれた。

恩人の名は但馬《たじま》屋《や》徳蔵《とくぞう》、七十一歳。

岩井信義と同い年のご隠居は甚平が肥後藩から追われ、江戸に出てきたものの仕官する当てもなく、その日暮らしの働き口も生来の武骨さが災いして得られぬまま、路頭に迷いかけた折に、救いの手を快く差し伸べてくれたという。

話を聞き終え、遥香は合点が行った様子でうなずく。

「成る程、石田さまは通いの用心棒をしておられたのですね」

「うむ。但馬屋が六間堀《ろっけんぼり》に持っておった長屋に住まわせてもろうての、足掛け三年も世話になったのだ。おかげで国許への送金も叶い、妻子を飢えさせることなく養うことも叶《かの》うたのだ。あの店には、今も足を向けて寝られぬよ」

「まぁ、殊勝なことですね」

「地獄に仏とはこのことぞ。まこと、幾ら感謝をしてもしきれまい……」

「そのお気持ち、きっと先様に通じておりましょう。さぁ、どうぞ」

茶のお代わりを勧めながら、遥香は微笑む。

続いて十兵衛が問いかけた。

「それにしても石田さま、但馬屋のご隠居とは実に出来た御仁《ごじん》なのですね」

「うむ。あれほどの人物は、江戸広しといえども二人と居るまいよ。岩井の殿様にお仕えできるように口を利《き》いてくれたのも、実を申さば徳蔵どのだったのだ」

「そこまで面倒を見てくれたのですか?」

十兵衛は驚きの声を上げた。

但馬屋徳蔵とは、まるで神仏《しんぶつ》のような人物ではないか。

千歳飴作りを頼まれたときも、ひとかどの男らしいのは察しが付いた。

しかし、ここまで懐が深いとは――。

「貴公は運がよかったですなぁ、石田さま」

かつては甚平と同じ立場だっただけに、そう思わずにいられなかった。

幸い十兵衛には菓子を拵える腕が有り、その腕前を見込んで店舗を貸してくれた本所の隠居のおかげもあって、何とか遥香と智音を養っていく下地が出来た。

しかし甚平の場合には、どうなっていたか分からない。

同様の浪人など、この広い江戸に幾らでも居るからだ。

剣の腕が多少立つからといって、暮らしが必ず成り立つとも限らない。

同じ用心棒でも博徒の一家に雇われ、武士の誇りと無縁の悪行に手を染めざるを得ない者も少なくなかった。真っ当な大店での奉公を経て、大身旗本の家中に迎えられるに至った甚平は、まことに幸運の持ち主と言えよう。

何の前触れもなく、ツキに恵まれたわけではあるまい。

運というものは、日頃の心がけによっても招かれる。

甚平の人徳は、十兵衛と遥香もかねてより承知の上。信義や美織、そしてエルザや王らと並ぶ、大事な恩人だった。

恩人からの頼みとあれば、何であれ期待に応えたい。

それにしても恩人の孫たちに七五三の祝いを贈って喜ばそうとは、如何にも甚平らしい、武骨ながらも優しい気遣いである。

十兵衛にとっては、腕の見せ所であった。

但馬屋の姉妹に贈る千歳飴は、すでに祖父の徳蔵から頼まれている。相手が同じだからといって、同様の品を二揃い用意するだけでは芸が無い。

化粧袋についても言えることだが、遥香は早々に考えを巡らせていた。

「姉のお福ちゃんに松竹梅を麗しく、妹のお夢ちゃんには鶴亀を可愛らしゅう描いて差し上げとう存じます」

「それはご隠居にお渡しする絵柄でござろう。石田さまには……」

「ご安心なされ十兵衛どの。色を塗り分ければよろしいのです」

「成る程、それは妙案ですな」

「いかがでしょうか、石田さま」

「申し分ござらぬ。委細お任せいたそう」

「ありがとうございまする」

提案を受け入れられ、遥香は微笑む。

嬉《うれ》しげな表情を目にして、十兵衛の顔も思わず綻ぶ。

むろん、自分の役目は忘れていない。

「飴の意匠もお任せいただいて構わぬか、石田さま」

「申すまでもあるまい。しかと頼むぞ、十兵衛」

「承知」

甚平と笑みを交わし、力強くうなずき返す十兵衛だった。

四

「わーい！」

冬の陽が優しく降り注ぐ下で、子どもたちは元気いっぱいに駆け回っていた。

笑福堂から程近い神明宮《しんめいぐう》の境内は、近所の幼子にとって格好の遊び場だ。

幼いながらも神域なのは承知しており、度が過ぎた騒ぎ方はしない。

しかし、邪《よこしま》な輩《やから》には遠慮など有りはしなかった。

参拝しに訪れる者が絶えた瞬間を突き、許せぬ一味は凶行に及んだ。

何の予兆も無かったわけではない。

いつの間にか、境内《けいだい》は人気《ひとけ》が絶えていた。

最初におかしいと気付いたのは、妹のお夢だった。

「おねえちゃん、みんないなくなっちゃったよ？」

「だいじょうぶだよ。いっしょにあそぼ」

姉のお福は能天気。

元気なのはいいことだが、今少し用心するべきであった。

仲間の子どもたちがいなくなったのは、飴売りに付いて行ったため。

悪党が金を握らせ、命じたことだった。

むろん、飴売りは事情など知らない。

思わぬ儲《もう》けが出たとほくほくしながら、訳も分からずに子どもたちを境内の姉妹から引き離したのだ。

かどわかしの片棒を担いでいるとは、夢にも思っていなかった。

しかし、幼子は異変に敏感なものである。

「かえろうよう、おねえちゃーん」

「もうちょっとだけあそぼうよ、ね？」

「……うん」

呑気《のんき》に答える姉に、お夢はこっくりうなずき返す。

逆らい通すべきだったと悔やんでも、後の祭りであった。


十兵衛が知らせを受けたのは、日が暮れる間際のこと。

どのような千歳飴にするか、想を練っているうちに陽は西に傾いていた。

「智音は戻りが遅いですねぇ」

「神明さまでございましょう。拙者が迎えに参りまする」

遥香と言葉を交わしているところに、切迫した声が割り込んだ。

「た、大変……大変でございます……！」

息を切らせて駆け付けたのは、お仕着せ姿の若い衆。徳蔵が千歳飴の注文をしに訪れたときも同行していた、但馬屋の手代《てだい》である。

「何とされましたか、善吉《ぜんきち》さん」

「お、お助けくだされ……」

苦しげに息を継ぎながら、にきび面《づら》の手代は十兵衛にすがりつく。

続いて口にしたのは、思いがけない一言だった。

「お、お嬢さま方が……かどわかしに遭われました……」

「かどわかし？」

言葉を失う十兵衛の傍らで、遥香も真っ青。

無理もあるまい。

あの可愛い姉と妹が、何者かに誘拐されてしまったのだ——。


取り急ぎ二人は店を閉め、但馬屋に向かった。

表通りでも一際目立つ場所に構えた店は、間口も広い。

中庭の縁側には子どもたちが並んで座り、声を上げて泣きじゃくっていた。

「智音っ」

「母上ー！」

遥香の姿を目敏《めざと》く見つけ、智音が駆け寄っていく。

他の子どもの母親も、これから迎えに来ることになっているという。

男親で十兵衛だけが呼ばれたのは、徳蔵の思惑あってのこと。

奥に通されたのも、彼一人だけだった。

「では、まだ役人に知らせていないのですか？」

「致し方ありませぬ」

驚く十兵衛に、徳蔵は深々と白髪頭を下げた。

「このような文《ふみ》を届けられては、下手に騒げませぬ故な」

そう言って徳蔵が差し出したのは、身代金を求める脅迫状。

「二千両……ですか」

「孫娘ひとりにつき千両、びた一文まからぬと書かれてございましょう」

「ふざけた真似をするものです。筆跡からも驕《おご》りが見て取れますね……」

手紙を読み下しながら、十兵衛は沸き起こる怒りを隠せない。

神社の境内で遊んでいたお福とお夢をさらった上で理不尽な要求を突き付けてき
たのは、攘夷を決行する資金を集めると称して豪商たちに脅しをかけ、大金を出させることを繰り返す、御用盗の一味だった。

「神無《じんむ》党……罰当たりな通り名ですな……」

「まことにふざけた連中にございました。恥を知らぬとは、あのような輩のことを申すのでありましょう」

徳蔵の話によると、同じ一味に脅されたのは初めてではないという。

盗《ぬす》っ人《と》も同然でありながら堂々と表から乗り込み、攘夷という大義を為すためと恥じることなく主張されたのだから、始末が悪い。

だが徳蔵は老いても度胸満点で、奉公人も腕っぷしの強い者が多かった。

「石田さまに指南をお願いしておりますのでな。お迎えにやった善吉も丁稚だった頃に手ほどきいただき、筋が良いとお褒めに与《あずか》っておりました。今は町道場に通わせておりますが、そこらのお武家を寄せ付けぬほど腕が立ちまする」

「成る程。頼もしい限りですね」

しかし、護りが堅すぎるのも考えものである。

悪党は目的を遂げるためなら、手段など選ばない。罪になることが分かっていても捕まらなければいいと割り切り、迷わず実行に移してしまう。

何遍押しかけたところで埒《らち》が明かないと判じた御用盗は頭を切り替え、無防備な孫娘たちを誘拐して、身代金を得ようと企《たくら》んだのだ。

重ね重ね、呆れ返ったことである。

目的が大義を為すことだとしても、やり口が酷すぎる。

武士の風上にも置けない、汚い真似をするものだ。

しかも、連れ去ったのは年端もいかない姉妹。

何と非道な真似をするのか。

十兵衛ならずとも、怒りを募らせずにはいられまい。

「許せぬ……」

「笑福堂さん、どうかこの通り、伏してご助勢をお願い申し上げまする」

頼み込む徳蔵は、かねてより十兵衛の過去を承知していた。

教えたのは岩井信義。但馬屋の若旦那だった頃から付き合いのある徳蔵の人柄を見込んで、いざというときは近所のよしみで力になってやってほしいと頼んでいたのである。

十兵衛のほうが先に手助けをする次第になるとは、皮肉なことだった。

むろん、断る理由など有りはしない。

こんな非道は許せなかった。

一刻も早く、罪なき幼子たちを危険な輩の手から取り戻してやりたい。

とはいえ、焦りは禁物だ。

悪党どもの居場所さえ、こちらは分かっていないのである。

ともあれ、取り引きの準備だけはしておく必要があった。

「身代金はご用意できますか、ご隠居」

「もちろんでございます。大事な孫の命を購《あがな》うためならば、幾らかかろうと惜しくはございませぬ故な」

「むざむざと奪われはいたしませぬ。お孫さん方と二千両、共に取り返してご覧に入れましょう」

決意も固く、十兵衛は告げる。

と、廊下から乱れた足音が聞こえてきた。

身構える間もなく、音を立てて障子が開かれる。

「石田さま？」

十兵衛は驚いた声を上げる。

思いがけない人物が現れたものである。

甚平は千歳飴を注文した後、とっくに屋敷に帰ったはず。

どうしてまた、戻って来たのか。

答えを明かしたのは徳蔵だった。

「手前がお知らせしたのでございます。笑福堂さんともども、お力をお借りしとう存じまして」

「左様にござったのか……」

得心した十兵衛は、ふっと微笑む。

さすがは商いで財を成した大物だけに、抜かりが無かった。

こういうときには、人に頼ることを迷ってはいけない。

まして、徳蔵は甚平に貸しがある。

タイ捨《しゃ》流の兵《つわもの》の腕が必要なのだから、呼び寄せたのも当然だろう。

当の甚平も、闘志は十分。

ついに恩返しの機が訪れたと言わんばかりに、意気込んでいる。

「安堵なされよご隠居。それがしが参ったからには、もう安心ぞ」

「左様に願い上げとう存じまする、石田さま」

「任せておけ」

分厚い胸をどんと叩き、甚平は請け合う。

十兵衛としても、協力して事に当たれるとなれば心強い。

ところが、甚平は思わぬことを言い出した。

「それがしに策があるのだが、聞いてくれぬか」

「策、にございまするか？」

徳蔵が怪訝《けげん》な顔をする。

十兵衛も表情を強張らせずにいられなかった。

一体、何を言い出すつもりなのか。

相手は手段を選ばぬ輩なのである。

言い換えれば、見境が無いということだ。

そんな連中に小細工を弄《ろう》し、失敗すれば目も当てられまい。

まずは要求に従い、人質と身代金を交換すべし。

その上で一網打尽にし、金を取り戻せばいいではないか。

一体、甚平は何を考えているのだろうか――。


三人は奥の離れに座を移した。

徳蔵の隠居部屋である。

こぢんまりとしているが、過ごしやすそうな造りで雰囲気もいい。

ともあれ互いに向き合い、腰を下ろす。

「されば聞いていただこうか」

甚平が満を持して提案したのは、予想外の策だった。

「わざと敵に囚《とら》われる……ですと？」

十兵衛は絶句した。

徳蔵も、驚きを隠せずにいる。

しかし、当の甚平は真剣そのもの。

「本気ですか、石田さま」

「むろんぞ」

十兵衛に答える口調に迷いはない。

徳蔵に向き直り、頭を下げる態度も決然としていた。

「お頼み申す、ご隠居」

「石田さま……」

「神懸けてお誓い申す。幼子たちはこの身を盾にしてでも護る故、行かせてくれ」

生半可な覚悟では、こうは言えまい。

一味の懐に入り込み、同じ人質として姉妹を護る。

命の危険を伴うのは、もとより承知の上である。

されど、そこまでやらずにはいられないのだ。

見かねた十兵衛は口を挟んだ。

「本気なのですな、石田さま？」

「むろんぞ」

何を言うのかといった顔で、甚平は十兵衛を見返した。

「先だってても申したであろう。それがしはご隠居のおかげを以て、妻子を養うことが叶うた身。ならば、この一命を懸けるのも迷うまい」

「岩井の殿様はよろしいのか」

十兵衛は引き下がろうとはしなかった。

そこまで危険な真似をせずとも、人質と身代金は取り返せるはず。

甚平とて、若くはないのだ。

国許の家族のためにも、無茶はさせたくない。

諦めさせるためならば、きつい苦言を呈するのも致し方あるまい。

「武士たる者、仕えしあるじに命を預けるが本分にござろう。貴公の主君は岩井のご隠居……筋を違《たが》えてはなりますまい」

「そのことならば、大事はない」

甚平は淡々と答えた。

十兵衛の気持ちを察したのか、声を荒らげはしない。

だからといって、諦めたわけではなかった。

「殿はこのように申されたぞ。出向くは構わぬが犬死には許さぬ。幼子たちを無事に助け出し、必ずや連れて戻れと……な」

「岩井のご隠居が、左様に仰せになられたのか？」

「疑うならば直にお尋ねいたすがよかろう」

甚平の口調は、静かながらも揺るぎない。

「成る程。あの御方らしいお言葉にござるな」

もはや十兵衛も反論しなかった。

信義が認めたことに、異を唱えるつもりはない。斯くなる上はむしろ甚平に協力し、策を成功させるために頑張りたい。そう思い直していたのだった。

「よろしゅうござるか、ご隠居」

「はい」

答える徳蔵にも、今や迷いはない。

甚平にここまで頼むのは、但馬屋としても覚悟の要ることだった。

助太刀どころか敵地の直中《ただなか》に飛び込み、孫たちの盾《たて》になろうとまで言ってくれるとは思っていなかったのである。

かつて雇われ用心棒だった甚平も、今や大身旗本の家臣となって久しい身。

如何に自分から志願したとはいえ、万が一のことがあれば、但馬屋は責任を取らねばなるまい。できれば避けたいことである。

しかし、他に事を託せる者はいなかった。

悪党でも手練《て》揃《だれ》いの御用盗に、店の番頭や手代たちでは太刀打ちできない。

腕が一番立つという善吉を差し向けたところで、早々に膾《なます》斬りにされるであろうことは目に見えていた。

第一、得物を持参すれば刃向かう意思があると一目で見抜かれてしまう。懐中に短刀を隠していても、取り上げられればお終《しま》いだ。

一方、甚平ならば素手でも戦える。

国許の肥後相良《さがら》藩にて学び修めたタイ捨流は刀を操りながら手足を振るう、格闘剣術と呼べる側面を持つ流派だからだ。

その点は居合と柔術の心得がある十兵衛も同じであったが、こたびの役目は強いだけでは全《まっと》うできまい。

幼い姉妹を落ち着かせ、隙を見て速やかに脱出させるには、何よりも息が合っていなくてはならないからだ。

ここは甚平を措《お》いて他に、適任の者などいない。

そう見込めばこそ、信義も許しを与えてくれたのだろう。

「この通り、重ねてお願い申し上げまする、石田さま……」

徳蔵は深々と頭を下げた。

五

事は順調に進んだ。

身代金の運び役、そして敵の許から人質を連れて帰る役と、必要な駒が速やかに揃った上は、取り引きの日を待つのみである。

早々に手配された二千両の運び役には、善吉が志願した。

徳蔵に見込まれてのことである。

「この善吉は今どき珍しく、陰日向《ひなた》のない働き者でしてな……実を申せば手前の店の前に捨てられておったのを育て、奉公させておるのです」

「左様にござったのか……」

驚く十兵衛の傍らでは、甚平が黙ってうなずいていた。

善吉のことは、丁稚だった頃からよく知っている。

徳蔵の言う通り、今どき珍しい若者であった。剣術の才があるのを見込んで故に但馬屋で世話になっていた頃から目を掛け、剣術の才があるのを見込んで手手ほどきもしてやったのだ。

今も善吉は素振りを毎日欠かさず、徳蔵の計らいで町道場にも通わせてもらっているとのことだった。

安心して、共に敵地に乗り込める相棒であった。

十兵衛は甚平に向き直る。

「されば石田さま、これをお持ちくだされ」

渡したのは、試作品の千歳飴。

紅白の飴が一本ずつ、遥香が描いた化粧袋の下絵にくるんであった。

「よろしいのか？」

「はい。七五三の宮参りには、改めてご用意いたします故……そのように子どもらにお伝えくださり、どうか励ましてやってくだされ」

戸惑う甚平に、十兵衛はにっこり微笑み返す。

姉妹が無事に戻ると願い、心して七五三の飴作りに臨むつもりだった。

かくして、取り引きの当日が訪れた。

千両箱を覆う蓆《むしろ》には、甚平の大小の二刀、そして木刀が隠された。

「これはそれがしが与えたものか、善吉？」

ふと気付いた甚平は、懐かしそうに木刀を握って一振りする。

すでに日は暮れ、約束の刻限が近付いていた。

「されば、参るか」

「はい」

決意も固く、木刀を受け取りながら善吉は答える。

「いざというときはこの一振りで、及ばずながら加勢させてくださいまし」

「頼むぞ」

善吉を見返して、甚平は微笑む。

これほどの覚悟があれば、安心して背中を任せられるというものだ。

しかし、そんな期待は甘かった。

但馬屋の内部には、思わぬ裏切り者が潜んでいたのである。

異変が起きたのは取り引きの場所に指定された、深川の十万坪《じゅうまんつぼ》に出向いたとき。船から千両箱の包みを下ろし、ほどいた刹那のことだった。

「う！」

背後から不意討ちの一撃を浴びせ、甚平を昏倒《こんとう》させたのは何と善吉。

「う、ううっ……」

朦朧《もうろう》としながらも、まだ甚平は意識を保っていた。

その耳に、嘲《あざけ》りを帯びた声が聞こえてくる。

「申し訳ありませんでしたねぇ、石田さま」

「おのれ、善吉……」

「本当にすみません。これは思うところあってのことでして」

「思うところとは、な、何だ……」

問いかけたまま、甚平は気を失った。

そんな姿を、善吉はじっと見ている。

こうなってしまっては、タイ捨流も役には立たない。

「ふん、役立たずめ」

一人の浪人が、忌々《いまいま》しげに甚平の肩を蹴る。

転がったところに、すかさず仲間の一人が縄を打つ。

縛り上げるのを手伝う善吉に、悪びれた様子は皆無だった。

急に心変わりをしたわけではない。

最初から裏切って、甚平の動きを封じるつもりだったのだ。

運び役を買って出たのも、あらかじめ一味と示し合わせてのこと。同じ町道場で御用盗の浪人たちと知り合い、唱える攘夷に共鳴していたのである。

誘拐の手引きをしたのも、実は善吉の仕業であった。

子どもたちの行動を熟知していれば、策を弄するのも容易い。

境内から遠ざける役目も、日頃は離れた町で商いをしており、みんなが顔を知らない飴屋をわざわざ連れて来たので、足取りをたどられる恐れはなかった。

後は忠義者の手代を装い、事が成るまで芝居し続けるのみである。

「悪く思わないでくださいよ、石田さま……」

淡々と告げながら、善吉は木刀をしごいた。

と、前に一人の男が立つ。

「よくやったな、おぬし」

「ほんとですか、新藤《しんどう》さま?」

「上出来だったのう、褒めて取らすぞ」

新藤と呼ばれた男は、一味の頭目。

身の丈は六尺近く、恰幅もいい。

きちんと月代《さかやき》を剃《そ》っている。目も鼻も大きく、くっきりした顔立ちをしている。まだ四十前と見受けられたが、貫禄は十分。これほど押し出しが強いのならば、もっともらしく装いを改めて、攘夷派の大物浪士と偽ることもできそうだった。

「何をしておる? 金も人質も、早う船に積んでしまえ」

新藤は顎《あご》をしゃくり、指図をする。

配下の浪人たちも、体格では頭目の新藤に負けていなかった。

いずれも二十代から三十そこそこの、若い面々である。

この者たちも上手く装えば、立派な浪士に見えることだろう。

善吉にとっては、憧れの的である。

世の中を変える志に燃える彼らの仲間に、早く加わりたい。

大役を果たした以上、いつまでも半人前の扱いはされぬはず。

自分も浪士になるのだ。

悪しき世の中を変えるため、敢然と立ち上がるのだ――。

「ふふ」

計画が上手く行き、善吉はほくそ笑む。

そんな最中、甚平は目を覚ました。

(むむ……)

縄を打たれてしまっていては、身動きが取れない。

口惜しい限りであったが今は騒がず、様子を見るしかあるまい。

幸い、甚平が蘇生したのは気付かれていなかった。

頭目は善吉の肩に手を置き、労をねぎらっていた。

「ようやったな、善吉」

「何ほどのこともありません。お役に立てて嬉しいです」

「お前のような若者がもっと増えれば、必ずや世は変わる。共に励もうぞ」

「はい！」

何を調子のいいことを言っているのか。

たしかに頭目は男ぶりがよく、弁舌もさわやかである。ずんぐりむっくりで老け顔の自分とは、比べるべくもないだろう。

しかし、見た目が良くても内面は最低だった。

不穏な世情に便乗し、子どもをさらって恥とも思わぬようでは、武士どころか人としてお終いであろう。

そんな自明の理も分からず、大金を手に入れて嬉々《きき》としているのだ。

朱に交われば赤くなるとは、よく言ったものだ。

このような連中と付き合ったとあれば世間知らずの善吉が感化され、悪事の片棒を担ぐに至ってしまったのも、止むを得まい。

しかも、浪人たちは言葉巧みであった。

「ようやったの、おぬし」

「晴れて我らの仲間だのう」

「いずれ刀を購《あがの》うてやる故、楽しみに待っておれい。ははははは……」

口々に褒めそやしながら、浪人たちは千両箱と甚平を運んでいった。

船で待つ面々も含めて、頭数は五人。

甚平の腕前を以てすれば、制圧し得る人数である。

しかし縛り上げられ、抵抗を封じられてしまっていてはどうにもならない。

善吉さえ裏切らなければ、万事上手く行くはずだったのだ。

蓆で覆い隠した刀を見付けられぬまま隠れ家まで辿り着けると思うほど、甚平は甘くない。

二つの千両箱の中には一振りずつ、鎧通《よろいとお》しが忍ばせてあった。並の短刀より重く頑丈な刃《やいば》を備える、乱世の鎧武者が携帯した得物である。

人質の姉妹を取り戻したら千両箱の蓋《ふた》を開けると同時に取り出し、血路を開いて脱出するつもりだったのだ。

そんな段取りも、善吉の裏切りですべて台無し。

このままでは、死んでも死にきれない。

残された唯一の希望は、十兵衛の援護。

事情を知った美織も、協力してくれることになっていた。

信義と家中の人々には、敢《あ》えて手出しをしないように頼んである。

同じ釜の飯を食ってきた岩井家の侍たちを信用しないわけではなかったが、幾十人も動員してもらうより二人の精鋭に頼んだほうが、首尾よく事を為し遂げる確率は高いはず。

（頼むぞ、十兵衛……）

甚平は、船中に転がされたまま一心に願う。

後を追って来てくれるのを、今は待つより他になかった。


一味の隠れ家は、小名木川を遡《さかのぼ》った先に在った。

先に行きすぎると、中川との合流域に設けられた船番所の前に出てしまう。

船頭役の浪人は巧みに竿《さお》を操り、船を岸辺に寄せていく。

新藤を先頭に陸《おか》へ上がり、生い茂る蘆《よし》を掻き分けて進み行く。

気を失ったままと見なされた甚平は、雑に扱われていた。

担がれて茂みの中をずんずん進んでいくうちに、顔はすっかり擦《す》り傷だらけ。

甚平はじっと目を閉じ、痛みに耐える。

煤《すす》けた小屋が見えてきた。

中で待機していた仲間の数は、同じく五人。

事を起こした御用盗は、総勢十人であった。

縛られてさえいなければ、独りでも戦える。

しかし、今の甚平に打つ手はない。

せめてもの救いは、姉妹と同じ部屋に連れて行かれたことだった。

「石田さま……？」

「おじちゃーん！」

驚くお福の傍らで、お夢が声を張り上げる。

安心したからなのか、大粒の涙をこぼしていた。

二人とも、見るからにやつれている。

食事も湯茶も、満足に与えられてはいないのだ。

痛ましい限りである。

断じて、このままにはしておくまい。

「大事ない。二人とも、じっとしておれ……」

床を這《は》って上体を起こしながら、甚平は微笑む。

ともあれ、今夜のところは大人しく様子を見ているしかあるまい。

非道な一味も、さすがに幼子を縛り上げてはいなかった。

とはいえ、好き勝手に表に出られるわけではない。

閉じ込められた納屋は窓が高く、子どもの背丈では手も届かない。その点は足首まで縄を打たれ、上半身しか起こせない甚平も同様である。

このままでは、埒が明かない。

だからといって、いつまでも大人しくしてはいられまい。

甚平がそんな焦りを覚えたのは、夜が明けてきたからだった。

こちらを助けるつもりならば、夜陰に乗じて近付くのが妥当なはずだ。

しかし十兵衛も美織も、まったく姿を現さなかったのだ。

この様子だと尾行に失敗し、敵に撒《ま》かれたと見なすより他にあるまい。

断じてしまうのは早計だが、こちらにも余裕が無いのだ。

(何をしておる……)

焦燥を募らせながらも、不安で眠れずにいる幼子たちを落ち着かせるのは忘れない。

「二人とも見るがいい……」

「なーに？」

先に乗ってきたのはお夢だった。

年嵩のお福も、何事かと視線を向けてくる。

すかさず、甚平は顔の筋をゆるめた。

「ほーら、おさるさんだぞ」

「わぁ、そっくり！」

お夢がきゃっきゃっと声を上げる。

喜ぶ妹を横目に、お福も安堵の笑みを浮かべていた。

「懐を探ってみよ」

甚平がお福に告げる。

出てきたのは千歳飴。

「わぁ……」

喜ぶ顔を見ていると、痛みも吹き飛ぶ甚平だった。

六

急《せ》いては事を仕損じる。

こたびの難事を切り抜ける上で、十兵衛はそう心がけていた。

善吉まで連れ去られて安否が気遣われたが、焦りすぎては上手くない。

甚平の強さは、もとより十兵衛も承知の上である。

あの男が傍《そば》に付いている限り、最悪の事態にまでは至るまい。人質にされた姉妹と善吉に危険が及ばぬように、体を張ってでも防いでくれるはずだった。

されど、悠長に構えすぎてもいられない。

敵が真っ当な攘夷浪士とは違うと分かったからだ。

教えてくれたのは、和泉屋仁吉。

かつて十兵衛と張り合った菓子の名店の三代目は、世間の広い男である。

大きな店を構えていれば、自ずと付き合いは広くなる。町方の同心やその配下である岡っ引きも毎日の如く出入りするため、知りたいことがあれば情報はいつでも手に入れるのが可能だった。

そんな手蔓《てづる》を仁吉は使い、一味の素性を洗ってくれたのだ。

「よぉ、待ってたぜ」

日本橋の店まで出向いた十兵衛を、仁吉は奥の離れに連れて行く。

菓子を作るのに集中する職人たちの耳に、要らざることを入れたくないのだ。

思うところは十兵衛も同じである。

力になってはもらいたいが、迷惑はかけたくなかった。

「こいつぁのんびり構えちゃいられねぇぜ、十兵衛さん」

茶を勧める間を惜しみ、仁吉は話を切り出した。

「お前さんの知り人は、とんでもねぇ連中に捕まったみたいだぜ」

「どういうことだ」

「攘夷なんぞ最初《はな》っから考えてもいねぇ、似非《えせ》の集まりなんだよ」

「まことか?」

「ったく但馬屋さんも気の毒に……二千両をどぶに捨てたようなもんだ」

「………」

仁吉曰く、大義のために動いていると称する一味の実態は盗っ人そのもの。不穏な世情に乗じて大金を手に入れ、面白おかしく散財したいだけだというのだ。

「ならば、何故に町方は動かぬのだ？」

「決まってるだろ。手出しができねぇ相手だからさ」

「浪人の集まりならば、町奉行にも裁き得るはずぞ」

「そいつが違うのさ、十兵衛さん……」

声を低めて仁吉は言った。

「お前さん、徳利《とっくり》門番って知ってるかい」

「聞いたことがある。門番を養う余裕もないが故、門扉に砂を詰めた徳利の重しを仕掛けておいて、開けて入った後は勝手に閉まるようにしておる貧乏御家人の屋敷の門のことであろう」

「そういうこった。ああいう貧乏御家人も歴《れっき》としたご直参《じきさん》なんでな……町方のお奉行じゃ手出しができねぇんだよ」

「されば、敵の一味は」

「束ねているのは御家人なのさ。新藤粂次郎《くめじろう》っていう、一刀流の遣い手として知られたお人さ」

「一刀流の新藤……お玉が池の千葉《ちば》道場か」

「ああ。とっくに破門になっちまったがな、妙に金回りがいいらしい」

「おかしなことだな。仕官をしたわけでもあるまいに」

「だから偽御用盗とは考えられないかい、十兵衛さん」

「まさか、天下の直参が」

「そのまさかが大有りなのが当節の世の中さね」

「仁吉どの」

「そんな怖い顔をしなさんな。これでもお前さんよりは、世間ってもんを見てきたつもりだぜ」

「………」

「俺が知ってるのはそこまでだ。後は手前《てめえ》で吟味しなよ」

それだけ言い置き、仁吉は店に戻っていく。

独り残って十兵衛は考え込んだ。

新藤粂次郎、許しがたい外道である。

それにしても、思わぬ強敵が出てきたものだ。

北辰《ほくしん》一刀流の開祖となった千葉周作《しゅうさく》が開いた神田お玉が池の稽古場は、江戸でも有数の名門道場。その出身である新藤粂次郎は、腐ってもひとかどの剣客なのだ。

十兵衛といえども、勝負をすれば五分と五分。

確実に制することができるとは言いがたい。

されど、外道であれば放ってはおけない。

「うーむ……」

悩むのも無理はなかった。

和泉屋を後にして、十兵衛は家路を辿る。

茅場《かやば》町から人形町、浜町河岸と来れば新大橋は目の前だ。

大川を渡る前に、十兵衛は寄り道をした。

細川藩の下屋敷内《うち》に祀《まつ》られた、加藤清正《かとうきよまさ》公の寺に参拝するためだった。

小さいながらも肥後の本山から勧請《かんじょう》された、歴とした寺社である。

「南無妙法蓮華経《なむみょうほうれんげきょう》……」

心静かにお題目を唱えるうちに、腹は決まった。

無垢《むく》な子どもを金のために、理不尽な目に遭わせるとは許せない。

しかも直参でありながら幕府を裏切り、不穏な世情に付け込んで悪しき金稼ぎをするとは不届き至極。

貧乏御家人で苦しい暮らしをしていたからといって、許されることではない。

しかも、本気で世の中を変える気など有りはしないのだ。

相手が何者であろうと、悪は見逃せない。

どうせ表沙汰に出来ぬのならば、人知れず討ち取るのみ――。


笑福堂に戻ってみると、美織が来ていた。

店の前の床机に腰掛け、足をぶらぶらさせている。

「お調べは付きましたのか、十兵衛どのっ」

「うむ」

勢い込んで立ち上がるのに、順を追って説明する。

十兵衛が当初から美織にだけ事の次第を明かしていたのは、腕も人柄も信用していればこそ。

町奉行所に知らせて捕方《とりかた》を動員してもらい、敵の居場所を突き止めて包囲したとしても、確実に人質と身代金が戻る保障は無い。追いつめられれば逆上し、甚平と幼い姉妹を盾にして強行突破を試みるか、あるいは見せしめに一人ずつ命を奪っていきかねないからだ。そんなことになってしまえば、元も子もないだろう。

金はともかく、人質の命だけは何としても護らねばなるまい。

ならば美織と二人で乗り込み、一気に片を付けたほうがいい——。

徳蔵にはあらかじめ話を通し、佐野様の姫君にならば安心してお任せできますと了承を得てあった。他の奉公人たちは与り知らないことである。

新たな指示が届くのを、美織は心待ちにしていた。

愛しい十兵衛の役に立てるのは嬉しいし、難しい戦いほど闘志は燃える。

もちろん失敗は許されないと承知の上で、事に臨む所存であった。

そんな美織が驚いたのは、新藤粂次郎の名前が出た直後。

「左様にございましたのか……一刀流の新藤どのが、左様なことを……」

一部始終を聞き終え、美織は目を閉じた。

事の次第はすでに伝えてあったものの、相手が思わぬ強者と知って臆したのか。

そんな心配は無用であった。

「恐るるに足らずでございますよ、十兵衛どの！」

「美織どの」

「義を持たぬ輩に後れを取る我らではありませぬ！　幼子たちと石田どのを必ずやお救いいたしましょうぞ！」

「うむ」

頬を紅潮させる美織を見返し、十兵衛は微笑む。

むろん自分が矢面に立ち、彼女のことも心して護るつもりであった。

七

善吉が悪党どもの実態を知ったのは、隠れ家に来てからのこと。

頭目の新藤粂次郎が尊敬するに値しない、直参の誇りを棄《す》てた外道にすぎないと気付いたのも、二千両を手に入れた後だった。

「はははは、これだけあれば当分は遊んで暮らせるぞ！」

嬉々として切り餅の封を切り、ばら撒く様も浅ましかった。

最初、善吉は目を疑ったものである。

「よろしいのですか、新藤さま」

「ん？　何がだ」

「その金子は、世の中を変える大事な元手なのでありましょう？　私のような捨て子がみんな酷い目に遭うことなく、健やかに育つ世の仕組みを作るために必要なのではありませぬか？　己が幸せだからと満足せず、世間の暗がりから目を背けずに悪しき慣習を変えるのだと、申されたではありませぬか！」

「いい加減にせい」

しがみついてくる善吉を、新藤は邪険に押し退《の》けた。

「うぬは言われたことだけやっておればよいのだ。生意気を申さば承知せぬぞ」

ムッとした様子で吐き捨てると、二つ目の封を切る。

「金だ金だ、あはははは」

山吹色を目にしたとたん、機嫌が直るとは浅ましい。

やはり、善吉には一枚も寄越そうとしなかった。

義を為すための資金なのだから、一両どころか一文たりとも、私利私欲を満たすために散じてはなるまい。

すべては世のため人のため。腐りきった徳川の天下を覆《くつがえ》すのだ——。

そんな考えを熱く語ったのと同じ口で、碌《ろく》でもないことをほざいている。

これだけでも、失望するには十分だったろう。

しかし、善吉が受けた衝撃は序の口にすぎなかった。

仲間にきっちり分配し、労をねぎらったのであれば、たとえ外道でも頭目と呼ぶにふさわしかったと言えよう。

しかし粂次郎が浪人たちに与えたのは、わずか五両ずつ。

九人で四十五両。二十五両入りの切り餅を二つ割っただけで足りる額しか出そうとしなかったのだ。

これでは、不満が出るのも当たり前。

それでも、浪人たちは粂次郎には逆らえない。

刃向かったところで、一刀の下に斬られてしまう。

九人の浪人は誰も反抗することなく、与えられた五両をそれぞれ懐にして、交代で最寄りの洲崎《すさき》遊廓に昼日中からしけ込み始めた。

御用盗が聞いて呆れる。

斯くもだらしのない連中ながら、人質の監視は甘くない。

今日も残った四人のうちの二人が見張りに付き、納屋の表と裏を固めている。

早くも昼下がりになっていた。

粂次郎は二人の配下ともども、ぐーぐーぐーの高いびき。

中食《ちゅうじき》にうどんをたらふく啜った後となれば、自ずとみんな眠気も生じるというものだ。

そこに善吉が近付いてきた。

先程までうどんをゆでていた手に握っているのは、自前の木刀。

持ち出した甚平の刀も、左腰に帯びていた。

お福とお夢を逃がそうというのである。

甚平のことも、このまま放っておくつもりはなかった。


「ヤッ！」

「トォー!!」

気合いと共に木刀が振り下ろされる。

二人の見張りが、くたくたと崩れ落ちた。

「石田さま……石田さま」

「待っておったぞ、善吉……」

板塀越しの呼びかけに、甚平は落ち着いて答える。油断した見張りが続けざまに打ち倒されたことには、先程から物音で気付いていた。

「おぬし、ようやっと気付いたらしいの」

「は？」

「あやつらが似非であるのにいずれは気付き、動くであろうと思うておったよ」

「まことに、私を信じていてくださったのですか……」

「当たり前ぞ。おぬしは儂《わし》の弟子なのだ」

「石田さま……」

「泣いておる暇は無いぞ。さ、早う入って参れ！」

「はい！」

木刀を放り出し、善吉は納屋の扉を開ける。

と、足元からよろめき倒れる。

刀を抜く間も与えず、斬り付けたのは粂次郎。

死角を突いて間合いを詰めざま、凶刃の一撃を浴びせたのだ。

「こやつ、素町人のくせに調子に乗りおって……往生せい」

吐き捨てながら蹴り転がし、納屋の中に入ろうとする。

後に続くは二人の浪人。

と、最後の一人がのけぞった。

忍び寄った十兵衛が、背後から峰打ちを浴びせたのだ。

「な、何奴！」

先を行く浪人が、慌てて向き直ろうとする。すでに鯉口《こいぐち》を切っていた。

しかし、抜刀するのは美織が速い。

抜き付けの一刀で胴を払うや、二の太刀で袈裟《けさ》がけに斬り下げる。

慌てることなく、粂次郎は迫り来る。

「任せよ、美織どの」

立ち向かわんとするのを押しとどめ、十兵衛は前に出た。

この男だけは、許せない。

好んで斬りたくはなかったが、外道は別だ。

「うぬっ……」

粂次郎が睨《ね》めつけて来る。

振りかぶったのは同時だった。

「ヤッ！」

「トォー！」

裂帛《れっぱく》の気合いが交錯し、二条の刃がぶつかり合う。

次の瞬間、どっと粂次郎が崩れ落ちる。

勝負は僅差《きんさ》で決まっていた。

「十兵衛どの！」

「大事はござらぬ……」

昼遊びに現《うつつ》を抜かしていた者たちも捕らえられ、悪しき一味は滅された。

八

そして、七五三の当日と相成った。

十兵衛は心して、千歳飴作りの本番に臨んでいた。

今日の商いは昼で切り上げた後である。

但馬屋の可愛い姉妹の祝い事のためならば、界隈の常連たちは誰も文句など言いはしない。無事に戻ったばかりとなれば、尚のことだ。

心置きなく、十兵衛は作業に取り組む。

まずは熱を加えて細くした紅白の生地を束ね、更に長く伸ばしていく。

作業は遥香も手伝っていた。

「これでよろしいのですか、十兵衛どの？」

「はい、そのまま押さえてくだされ」

遥香に押さえてもらい、飴の生地を細長く引き出していく。

ぐにゃぐにゃの先端を切り落とすと、断面はくっきり二色。

後は十分に冷えて固まるのを待ち、子どもが握って舐《な》めやすく切り分ければいい。

金太郎飴を思わせる作り方である。

「後は拙者がやりまする。どうぞお任せを」

「お願いしますね」

笑顔で答え、遥香は二階に上がっていく。化粧袋の仕上げをするのだ。

見守る甚平は、先程から興味津々。

出来立ての飴を片手に、十兵衛が歩み寄って来た。

「考えたものだな、一本の飴を紅白に染め分けるとは……」

「お気に召しましたかな、石田さま？」

「むろんぞ」

「ご隠居には七色の飴をご用意いたします故、ご心配なく」

「ははは、それはめでたい」

「されば、どうぞお味見を」

「構わぬのか？」

「はい。あちらでお先に頂戴しておりますれば」

指さす先では、智音が嬉々として握った飴をしゃぶっている。

甚平も相伴《しょうばん》に与って、久しぶりの甘味に目を細めた。

そろそろ姉妹がやって来る時分である。

「遥香どのは大事ないかのう」

「美織どのが手伝うてくれております故、大事ござらぬよ」

案じる甚平に、十兵衛は明るく答える。

信じて任せていればこそ、何の心配もしてはいなかった。


二人が飴作りに励んでいる間、美織は化粧袋の下絵を終えてくれていた。

後は色を付けるだけとなれば、完成も間近である。

「参りますぞ、遥香どの」

「はい」

張り切って先に立つ美織に、遥香は素直にうなずき返す。

聞けば美織は少女の頃から手慰みに、絵筆を執っているという。剣術修行に熱中するばかりでなく、そんな趣味も持っていたのだ。

それにしても、時間がない。

化粧袋は合わせて四袋、しかも色を使い分けて仕上げなくてはならない。

徳蔵と甚平から、それぞれ二袋ずつ頼まれているからだ。

遥香だけでは手が回るまいと判じ、美織は自ら進んで手伝いを買って出てくれたのである。

「遥香どの、大事ないか」

「はい……今少し……」

「早ういたさねば間に合いませぬぞ！　ちと貸しなされ！」

美織は絵筆をひったくり、ぐいぐいと走らせる。

遥香は逆らうことなく、ホッとした面持ちになっていた。

絵心はこちらが上でも、肝心の筆が遅いからだ。

ぎりぎりまで独りで悩んでいれば、間に合わなかったことだろう。

思いきりのいい美織のおかげで、何とかなりそうである。

「すまぬが汗を拭いてくだされ、遥香どの」

「心得ました」

すかさず遥香は手ぬぐいを片手に、そっと寄り添う。

美織の男前なところが、遥香には好もしい。

自分とはかけ離れているから、そう思えるのだ。

果たして、十兵衛にはどちらがふさわしいのか。

あるいは美織のほうが、合っているのではあるまいか——。

そんなことを思いながらも、作業を任せきりにはしておかない。

「よろしいですか、美織さま」

予備の絵筆を片手に、すっと割り込む。

「こちらの花鳥はお引き受けいたします故、あちらの風月をお願いできませぬか」

「左様か……心得た」

ムッとするかと思いきや、美織は素直であった。

何事も我を押し通さずにはいられない質と見なされがちだが、美織とて相手の気持ちは考える。

遥香が十兵衛を憎からず想っているぐらい、疾《と》うに察しが付いている。

なればこそ、じれったい。

いっそのこと本物の夫婦になってくれれば、諦めが付くのに——。

口に出しては言えないことである。

さりとて、態度にも出しづらい。

ともあれ、今は絵を描き上げるのが先だ。

二人は並んで筆を取り、一心に走らせる。

遥香も速さが増してきた。

負けじと美織も先を急ぐ。

彩色が終わったのは、まったくの同時だった。


「こんにちは！」

声を揃えて姉妹が駆け込んできたのは一組目の化粧袋が何とか仕上がり、千歳飴を収めた直後のことだった。

あと一組、徳蔵から贈るぶんを完成させなくてはならない。

化粧袋だけでなく、飴もこれからだった。

最初に拵えたのは、甚平が注文した紅白飴。

続いて徳蔵が孫たちに贈る、七色の飴を拵えなくてはならない。

「まだ乾いておりませぬ故、強うこすってはなりませぬよ」

「うん、どうもありがとう！」

遥香の注意にこっくりうなずき、お夢は満面の笑みで受け取る。

お福に渡す役は美織が買って出てくれていた。

「妹を護れるように、大きゅう強うなるのだぞ」

「はい」

答える顔は紅潮していた。

助けてもらって以来、美織に憧れているのである。

自分も大きくなったら夜叉姫《やしゃひめ》様のようになりたいと言ってきかず、お花やお琴なんかではなく剣術を習いたいとまで、毎日せがんでいるという。

孫にはとことん甘い徳蔵だけに、このまま行くとそうなりかねない。美織としては望むところだった。

それはさておき、二組目の化粧袋を速やかに完成させるのが急がれる。

「されば十兵衛どの、続きがあるゆえ失礼いたすぞ」

「すみませぬが、今少しお待ちくださいましね」

遥香と二人して階段を昇って行くのを、十兵衛は微笑ましく見送った。

こちらものんびりしてはいられない。

子どもたちを長居させては、家族に余計な心配をかけてしまう。

甚平に子守りを任せきりにしておくのも、心苦しいことだった。

「ご辛抱くだされ。こちらも今少しにござれば……」

作業の手を休めることなく、十兵衛は焦りながら振り返る。

と、険しい顔がふっと綻ぶ。

後ろではお夢が飴を取り出し、嬉々として頬張っていた。

家に帰るどころか、二袋揃うまで待ちきれないのだ。

幼子ならではの振る舞いが微笑ましい。

お福は妹にそっと寄り添い、優しい笑みを浮かべていた。

「おいしいかい？」

「うん！」

答えながらも、お夢は飴を口から離さずにいる。

ちいさな手に握った飴が、窓越しの光にきらきらしている。

仲良し姉妹を見守る智音も、嬉しげに顔を綻ばせていた。

幼子たちのくつろぐ様に、甚平も笑みを浮かべずにいられない。

怖い思いをさせてしまったのは不徳の至りだが、十兵衛と美織が奮戦してくれたおかげですべては無事に収まった。

何事も雨降って地固まる、である。

一命をとりとめた善吉は、傷が癒《い》えたら再び奉公し直すことを、徳蔵の計らいによって許されていた。

昨今の世情の不穏さは尋常なものではなく、純な若い衆が感化されるのも止むを得ぬこと。過《あやま》ちに自ら気付いて非を悔い、人質の子どもたちを助けるために命懸けで動いたのが改心の証しと町奉行所でも受け取られ、但馬屋がしっかり監督するのであれば罪には問わないという、寛大な裁きをしてくれたのだ。

裏で信義が手を回し、不届き者の御用盗を一網打尽にできたのだから良しとするように、と町奉行を説き伏せてくれたおかげであった。

さすがの老獪《ろうかい》ぶりだったが、おかげで一人の若者が更生し、但馬屋の人々も後味の悪い思いをしなくて済んだと思えば万々歳だ。

何といっても、今日はめでたい七五三。

子どもも若い衆も曲がることなく、千歳飴の如く真っすぐに育ってほしい。

そんなことを願いながら、飴を伸ばし続ける十兵衛であった。

第三章　汁粉

一

その夜、遥香は湯屋の帰り道を急いでいた。

智音の姿は近くにない。

珍しく風邪をひき、熱を出したのだ。

文久二年の十一月も末に至った。

陽暦では年も明け、一月の半ばを過ぎた頃。江戸では寒さが厳しい時期である。

十兵衛が看病してくれているので心配はなかったが、母親としては片時も傍から離れたくない。追われる身とあれば、尚のことだった。

（そろそろ寝付いた頃でしょうか……十兵衛どののお手を焼かせていなければよいのですが……）

案じながらも、湯上がりで歩く姿は艶《つや》っぽい。ただでさえ周りから要らざる注目を集めてしまいがちなのに、通りすがりの男ばかりか女たちにまで、じろじろ見られるから堪らなかった。

世の中には二種類の人間がいる。

見られるのを単純に喜びとする目立ちたがり屋と、注目を集めすぎると碌なことにはならないのが分かっている、思慮深き人間だ。

幼い頃から隣近所で注目されて止まず、上《うえ》つ方《かた》にまで評判が届いて、主君の寵愛《ちょうあい》を一身に集めるに至った遥香だが、考え方は断然、後者である。

目を向けてくるのは、色ボケの男たちばかりではない。

勝手な思惑を抱き、遥香を引きずり出そうとする輩も少なくなかった。

「おや、笑福堂のおかみさん」

「……こんばんは」

「こんばんは。今宵も冷えますね」

柔和な笑みを浮かべながら挨拶《あいさつ》をしてきたのは、隣町の絵草子屋。

出来合いの品物を売るばかりでなく、自ら絵草子や浮世絵を企画し、大手の版元に及ばぬまでも評判を集めている。

そんなやり手が、遥香を浮世絵の生き手本――モデルにしたいと再三に亘って話を持ちかけ、断られてもしつこく食い下がっていた。

できることなら、会いたくなかった相手である。

出くわしたからには、無視をするわけにもいかない。

一礼し、遥香は歩き出す。

「もし、お待ちなさいまし」

絵草子屋は後を追ってきた。

「左様に毛嫌いしないでください。悪いお話ではないと、たびたび申し上げているではありませんか」

「………」

「嘘偽りは申しません。どうか信じてくださいな」

それでも遥香は答えない。

熱い視線を集めることが好きならば、とっくに目立つところに身を置き、生来の美貌を衆目に晒して悦に入っていただろう。勧められるまでもなく自ら望んで生き手本になるなり何なりして世間で評判を取り、智音にどれほど贅沢《ぜいたく》をさせても余りあるだけの金を、十兵衛に頼ることなく得ていたに違いなかった。

はしたない真似ができぬからこそ、今に至っているのだ。

遥香には誇りがある。

微禄《びろく》ながらも武士の娘らしく、きちんと育てられた身だからだ。

しかし、金の力というのは恐ろしい。

一人娘を時の藩主だった前田慶三の側室に迎えられ、見返りとして過分な昇進と昇給を果たしたとたん、父の剛蔵《ごうぞう》も母の里江《さとえ》も人が変わった。

娘を売って出世した恥知らずと世間から見なされたあげく、開き直ってしまった結果とはいえ、浅ましい限りであった。

自分は、あのようにはなりたくない。

いずれ再会したときに胸を張っていられるように、金に転びたくはなかった。

遥香はずんずん遠ざかっていく。

「ちっ、お高くとまりやがって……」

毒づきながら立ち去る絵草子屋とすれ違い、一人の男が進み行く。

羽織袴を着け、大小の刀を帯びた武士であった。

頭巾で顔を隠し、慎重に歩を進めている。

遥香はまったく気付いていない。

絵草子屋の無礼に立腹し、注意が散漫になってもいた。

折悪しく、人通りも絶えている。

それをいいことに、武士は間合いを詰めていく。

間近まで迫った刹那、ぐんと体が引き戻された。

「ううっ……」

口を塞《ふさ》がれ、声を上げられない。

利き手の関節も、がっちりと極《き》められている。

抗《あらが》う間もなく当て身を食らわされ、武士は気を失った。

遥香の危機を救ったのは、小柄な男。

古びた木綿の着物の裾を端折《はしょ》り、破れの目立つ股引《ももひき》を覗《のぞ》かせている。日銭稼ぎの人足仕事が生業《なりわい》と見受けられる風体であった。

頬被《かぶ》りをしているため、目鼻立ちは分からない。

失神した武士を、男は暗がりに引きずり込んだ。

身ぐるみを剝ごうというわけではない。

覆面を取り、面体を検めただけだった。

「やはり紺野《こんの》か。おぬしともあろう者が、外道の走狗《そうく》に成り下がるとはな……」

淡々とつぶやく姿を、月がしらじらと照らしていた。

二

翌日は快晴だった。

足取りも軽く、美織が昼下がりの新大橋を渡っていく。

再び通い始めた無外《むがい》流の道場で剣術の稽古に励み、ひと汗搔いた帰り道。

男装が今日も凜々しく決まっていた。

降り注ぐ陽光に、瞳がきらきら輝いている。

供の者は連れていない。日々の稽古に用いる防具などは道場に置かせてもらっているので、荷物持ちをわざわざ同行させる必要が無いからだ。

それに重い荷を持たせていれば歩く速さにも気を遣わなくてはならないが、独りでいれば幾らでも急ぐことができるので好都合。

心置きなく、美織はずんずん橋を渡り行く。

目指すのは橋を渡った先の笑福堂。

(ああ、早うお汁粉が食べたい……)

頭の中は、目当ての甘味で一杯だった。

肥えるのを気にして中食は取らないように心がけているが、甘味は別腹。

十兵衛の手がける一品となれば、尚のことだった。


この冬に笑福堂で始めた餅入りの汁粉は、人気の品のひとつである。

目当ての菓子だけ買い求めてすぐ引き上げるつもりでいながら、漂う湯気と甘い香りにつられて注文し、食べていく客も多い。

熱々の汁粉を啜る人々で、笑福堂は今日も満員。女の客が、やけに目立つ。

遥香は今日も大忙しだった。

「もし、汁粉はまだですか?」

「相すみません、ただいまお持ちいたしますので」

「ただいまとは、いつですか」

「それは……」

口ごもっていると、他方からも、容赦なく催促する声が飛んできた。

「こちらもです。早くしてくださいまし」

「も、申し訳ありませぬ……」

遥香に文句を言う女の客は、いずれも冷たい。

そんな様を、じっと智音が見ている。

一体、この女の人たちは何がしたいのか。

理由はどうあれ、客を待たせてはいけない。

母親の足を引っ張るまいと、こちらも懸命。病み上がりだからといって、甘えてはいられなかった。

「おちびちゃん、お茶がないよ」

「はい」

「早くしておくれ」

「はーい」

高飛車な物言いをされてもムッとせず、元気に答えて注ぎに行く。

台所では、十兵衛が大釜の前に陣取っていた。

小豆を煮た汁に砂糖を加え、餅や白玉団子を入れて食する汁粉は、京大坂では善《ぜん》哉《ざい》と呼ばれる。その歴史は古く、室町の中頃まで遡ると言われるが、江戸では近年になって屋台でも売られるようになり、一杯が十六文と値《あたい》が手頃なこともあって、夏場に人気の白玉売りと同様に親しまれている。

繁盛するのは有難いが、忙しすぎるのも事実であった。

(うーむ、こたびばかりはいささか難儀《なんぎ》だな……)

餅を入れて並べた椀《わん》に汁粉を注ぎながら、十兵衛は悩んでいた。

エルザに教わった半生カステラや、和宮に献上して評判を取った薯蕷《じょうよ》まんじゅうも人気を集め、大いに客が集まってくれたものだが、これほどまでに混み合うことはかつてなかった。

以前は訪れることのなかった、新規の客が急に増えたのだ。

一体、何が原因なのか。

柄杓《ひしゃく》を片手に、十兵衛は顔をしかめる。

笑福堂の汁粉は、屋台売りの倍の値段の三十二文。盛り場に多い、小洒落《こじゃれ》た汁粉屋に比べれば安いものの、決して手頃な値ではなかった。

にも拘わらず、客足は伸びる一方。

不思議なことに界隈の客、それも女人の姿ばかりが目立つ。

日頃から親しくしている、裏の長屋のおかみ連中とは違う。

もっと暮らしぶりのいい、商家のお内儀だ。

どの女の夫も同じ深川元町ではなく、新大橋を渡った先の、浜町河岸から人形町にかけての表通りに店を構えている。

亭主たちが遥香に一目ぼれし、先頃まで菓子を毎日、熱心に買い求めに来ていた点も同じであった。

いずれも初心《うぶ》だったわけではない。

どの者も茶屋遊びに吉原通いと、酒食遊興をし尽くした遊び人ばかりだった。

そんな面々が遥香に執着し、一時期しつこく付きまとっていたのは、彼女は独り身と見抜けばこそ。

何気なく笑福堂に足を運び、類い稀《まれ》な佳人が働いているのを目撃して、どうしてもっと早く気付かなかったのか、灯台下暗しだったたと言わんばかりにしつこく通い詰め、隙あらば手まで握ろうとするから油断できない。

手強い連中だった。

遊び慣れた男たちには、独特の嗅覚《きゅうかく》が備わっている。遥香と十兵衛が夫婦であるかのように装っていても、違うと見破るぐらいは朝飯前だ。

行きすぎた真似をしようとして十兵衛に注意されてもまったく動じず、これなら文句は無いだろうと一分金《いちぶきん》を投げつけて帰っていく。そんな不作法をしておきながら何ら恥じることなく、また足を運んでくるのだ。

厚顔無恥というのとは違う。あくまで自信満々なのである。

遥香びいきの人足衆も、さすがに文句は付けられない。

船での荷運びを頼まれる、得意先ばかりだからだ。

これまで笑福堂の評判を聞いてはいても、甘味になど微塵も興味を示さずにいた旦那衆に広目をしたのは、他ならぬ松三である。

とんだ藪蛇《やぶへび》だったと、悔いても遅い。

したたかな男たちは、智音にも目を付けた。

十兵衛には露骨な敵意のまなざしを向ける一方で、将を射んと欲すればまず馬を射よとばかりに愛想を言ったり、頭や頬を撫《な》でたりするのみならず、過分な小遣いを与えて、取り込もうとする者もいた。

呆れた無礼者どもと、言うしかあるまい。

表立っては名乗れぬものの、智音は歴とした大名家の姫君。

しかも戦国乱世の英雄である、前田慶次《けいじ》の血を引く身なのだ。

小金を貯め込んでいる程度の商人風情《ふぜい》が、気安く近付ける身分とは違う。

長屋の子どもたちと遊び、その母親であるおかみ連中に可愛がってもらうことはむしろ喜ばしいし、御陣屋でのお姫様暮らしでは偏りがちな、情緒を豊かにする上でも役立っているはずだった。

だが、色欲まみれの輩はいけない。

汚い指で気安く頬に触れるなど、以ての外だ。

国許ならば、無礼討ちにしてやるものを――。

はらわたを煮えくり返らせながらも、十兵衛は手が出せずじまいだった。

母娘の命を狙った刺客ならば、容赦なく腕をへし折ってやることもできるが、商いをする身に暴力沙汰は御法度《ごはっと》。しかも相手が界隈でそれなりの地位を得ている旦那衆では、とても太刀打ちできない。

どうしたものかと途方に暮れていたのも、つい先頃までのこと。

しつこかった連中も、姿を見なくなって久しい。

代わりに日参するようになったのが、この目付きも怖いお内儀たちなのだ。

（御前さまが如何なる女人なのか気になって、見張りに来ておるのだな……）

最後の椀に汁粉を注ぎながら、十兵衛は胸の内で嘆く。

女の悋気《りんき》は恐ろしい。

浮気したと察すれば、手段を選ばず押さえ込む。

日の本の女たちは、決して弱いばかりではない。

とりわけ江戸では男の数が過剰だったため所帯を持てない者が絶えず、女は離縁をしてもすぐに縁談が舞い込む。

家付き娘は尚のこと強く、入り婿には有無を言わせない。

遥香を監視しに通ってくるお内儀たちは、いずれもそういう立場であった。

夫たちよりさらに手強いと言うしかない。

彼女らは、遥香を泥棒猫の如く見なしていた。

口には出さなくても、素振りで分かる。

しつこくしたのは亭主なのに、そんなことは意に介さず、家庭の平穏を乱されて許せないと言わんばかりに、憎しみの視線をぶつけてくる。

一方で体面を重んじ、堂々と文句を言ってこないから十兵衛には腹立たしい。

嫉妬をしていると気付かれるのさえ、恥と思っているからだ。

さりげなく目を光らせ、夫が笑福堂に近付けないようにしたいだけなのだ。

当の遥香にはその気がまったくなく、勝手に男たちから惚れ込まれて困っているところも彼女らには腹が立つのだろう。

遥香が金に転ぶような女であれば、最初から悋気などしないはず。

自分たちより下の立場であると見なし、幾らでも軽蔑したり、逆に憐《あわ》れみを抱くこともできるからだ。

だが遥香はどう見ても、お内儀たちの上を行っている。

漂わせる雰囲気は、金では買えない。

素性を知らぬ女たちにも、それとなく感じ取れる。

実は加賀百万石に連なる大名の寵愛を一身に集めていたと知れば、さらに嫉妬をするに違いなかった。

「うーむ……」

悩みながらも、十兵衛は手を休めない。

智音がちょこちょこ歩み寄って来たのも、いち早く気付いた。

十兵衛はすかさず、湯気の立つ椀をお盆に載せてやる。

客席に聞こえぬように、声を低めて一言告げるのも忘れない。

「……大事ありませぬか、智音さま？」

「だいじょうぶだよ」

小声で気遣う十兵衛にうなずき返し、智音は客たちの許に取って返す。

「おまちどうさまでした」

「ちょっと、遅いじゃないの」

「すみません」

「役に立たない子どもだねぇ」

「どうぞ、ごゆっくり」

汁粉を供する態度は毅然《きぜん》としている。

幼いながらも母と同様、気品を感じさせる振る舞いであった。

三

遥香に付きまとう困りものの連中以外にも客が絶えず、笑福堂が混み合うのには理由があった。

もちろん一番の理由は、十兵衛が手がける菓子の評判。

それに加えて客が増えたのは、気候の影響だった。

江戸市中の寒さは毎日耐えがたく、風も冷たい。大小の河川が多い深川では水面を渡って吹き付ける風が冷気を孕《はら》むので一層きつく、外出しても帰り着く前に暖を取らなくては、とても身が持たなかった。

食べ物や飲み物を扱う店を訪れたときには尚のこと、ほっこりしたい。

そんな期待に応えて汁粉の販売を続ける一方、十兵衛は損料を払って道具屋から火鉢を借り受け、暖房に用いていた。

店を開けている間は炭代を惜しまず、火の気を絶やさない。

しかし、火鉢を独り占めにされては困ってしまう。

汁粉一杯で四半刻《しはんとき》、半刻と居座られては、後から来る客たちの迷惑だ。

出来ることなら空気を読んで、早めに引き上げてもらいたい。そう思いたくなる客ほど素知らぬ顔をし、長《なが》っ尻《ちり》を決め込むから手に負えない。

ある意味、界隈の商家の旦那衆やお内儀よりも手強かった。

彼ら彼女らは、腐っても商売人である。

おかしな態度は取っても、笑福堂の商いそのものの邪魔まではしない。

だが、厚かましい客たちはやりにくい。

遥香や智音はもちろん、十兵衛も注意はしにくかった。

機嫌を損ねた相手に怒鳴られるぐらいならばまだしも、笑福堂は客のための炭代まで倹約している吝《しわ》い屋だよと言いふらされては店の印象が悪くなり、商いに差し障りかねないからだ。

そんなとき、進んで一役買ってくれるのが美織である。

今日も暖簾を潜って早々に、出番が回って来た。

「む……」

凛々しい顔をしかめて見やる視線の先には、若い男女。

商家の後継ぎと思《おぼ》しき男が連れていたのは、近くの盛り場で人気の茶屋娘。店の亭主に金を摑ませ、表に連れ出したのだろう。

「あー、あったかい……。こうも温《ぬく》いと動きたくなくなるねぇ」

「あたしもですよう、若旦那」

「ほんとかい？　やっぱり私たちは気が合うねぇ」

「当たり前ですよう」

「これからも仲良くしようね、おみつ」

「嫌ですよう、くすぐったい……」

美織の目が細くなった。

少しばかりいちゃつくぐらいのことは、まだ許せる。

武家には許されぬことだが、町人同士であれば勝手にすればいい。

しかし、この二人の振る舞いは目に余る。

寒中に足を運んでくれる客たちのため、十兵衛が費《つい》えを惜しまず用意した火鉢を涼しい顔で、長いこと独占している。

優先して火の近くに座らせてあげるべき、年寄りの客も居るというのに先程から平気の平左。

それでいて追加の注文をせず、茶のお代わりばかりしている。

ここはひとつ、懲《こ》らしめてやらねばなるまい。

美織は塗り笠をかぶったまま、男の横に立つ。

座る場所を空けろという意思表示だ。

さすがに無視はできなかった。

やむなく少しだけ詰めてくれたものの、まだ足りない。

武士が座るときには帯の間から刀を抜き、右脇に置くのが習い。腰さえ下ろせればいいというわけではなかった。

やむなく更に詰めたところに、すっと美織は割り込む。

笠を取り、首筋を露わにすると、たちまち男の視線を感じた。

以前であれば、そう感じただけで不快極まりなかったものだ。

しかし、何事も策である。

もとより、他の客に迷惑をかける気など有りはしない。

身勝手な二人組さえ火鉢の傍から離れてくれれば、それでいいのだ。

すでに状況は動いていた。

「何さ若旦那、そんなに鼻の下を伸ばして」

「な、何をお言いだい!?」

「もう知らない、あたし帰る！」

茶屋娘は、ぷんぷんしながら去っていく。

「おーい、待っておくれ」

若旦那は気まずい顔で立ち上がり、後を追った。

女人の観察眼とは鋭いものだ。

男が他の女に目移りすれば、たちまち気が付く。この二人もさぞ揉めまくること
だろうが、表に出てから好き勝手にしてくれればいい。

美織は笑顔で腰を上げた。

「おばば、遠慮は無用であるぞ」

脇に追いやられて寒そうにしていた老婆を促し、火鉢の傍に移動させてやるのも忘れなかった。

善いことをした後は、気分がいい。

ついでに、居並ぶお内儀の群れにも視線を向ける。

じろりと見やったとたん、相手は一斉に目をそらす。

勝てぬ相手に挑もうとするほど、彼女たちは愚かではない。

美織が同性なのは、もとより承知の上である。

凡百の男では太刀打ちできない剣の遣い手で、夜叉姫と呼ばれて恐れられていることも、父親が界隈に屋敷を構える旗本なのも、むろん分かっていた。

なればこそ誰一人として文句を言うどころか、目を合わせようともしない。殊更に説教するまでもなく、大人しくなっていた。

今日のところは、このぐらいで十分だろう。

意気揚々と美織が移った先は、いつも座っている表の床机。

ここに居れば、困った客が現れてもすぐに分かる。

智音が茶を運んできた。

「おねえちゃん、どうもありがとう」

「何ほどのこともない……大事ないか、とも」

「はい」

「そなたは偉いな」

美織はにっこり微笑んだ。

「母御を助けて、しかと励むのだぞ」

「わかりました」

こっくりうなずく態度は、赤子の如く愛らしい。

それでいて、体付きは日一日と成長している。

背が伸びただけではない。

口の利き方も、以前より大人びてきた。

手習いの塾通いを欠かしていない甲斐あって、読み書きも上達している。

子どもが育つのは速いもの。

間近で接していれば尚のこと、そう感じる。

美織は思わずにいられなかった。

(この子を護り慈しみたい。十兵衛どのと遥香どのの身に万が一のことあらば、私が引き取って育てよう……)

そんなことを考えるほど、深い愛情を抱いていた。

とはいえ、人様の子どものことばかり想ってはいられなかった。

美織自身もいずれは嫁ぎ、子を産み育てなくてはならない立場。

父も母も今のところは好きにさせてくれているが、いつまでも男装で過ごすわけにはいくまい。

美織とて、考えるべきことは考えているのだ。

周りからは女を捨てていると見なされがちだが、決してそんなことはない。

これはと思える殿御が居れば、放ってはおかないつもりである。

十兵衛への想いを振り切るためにも、そうするべきなのだ。

汁粉が来るのを待ちながら、美織は熱い茶を啜る。

「良き日和《ひより》だな……」

見上げた空は日本晴れ。

美織の心は、切なくも晴れやかだった。

四

「む……？」

再び美織の目が細くなったのは、三杯目の汁粉をお代わりしたとき。

怪しい男が笑福堂を見張っている。

通りの向こうに立ち、こちらにさりげなく視線を向けている。

着物の裾を端折って股引を剝《む》き出しにし、頰被りで顔を隠した人足風。

身の丈は五尺（約一五〇センチメートル）そこそこだが体付きは頑健で、足腰も太くたくましい。

明らかに、剣の修行で鍛えた体だ。

それも、凡百の遣い手ではない。

並ではないと見なせばこそ、美織も鋭く反応したのだ。

こちらの気配を察したのか、男は歩き出す。

（私の出番、だな……）

すっと美織は立ち上がった。
逃がしてはなるまい。
急ぎながらも、気取られぬように配慮するのは忘れなかった。
まずは足止めし、笑福堂を見張っていた目的を確かめる必要がある。
痛め付けるのは、それからのことだ。
男は新大橋に背を向けて、本所の方面に向かっていた。
御籾蔵《おもみぐら》の角を左に曲がり、六間堀に沿って歩を進める。
後を尾《つ》ける美織は、水面に影が映らぬように気を付けていた。
不測の事態が起きたのは、竪川《たてかわ》の河岸に出る間際。
男がおもむろに振り返り、こちらに向かってきたのだ。
美織の見込みは甘かった。
その男は、勘働きが優れていただけではない。
実力も遥かに上であった。
「く！」
瞬く間に利き腕を取られ、美織は慌てる。

いつの間に、関節を極《き》められてしまったのか。
こんな不覚を取ったのは、初めてのこと。
痛みを覚えるより先に、驚愕《きょうがく》するばかりであった。
「後悔は先に立たぬぞ。要らざる真似はやめにせい……」
男は冷静だった。
告げる口調も、落ち着いている。
丸腰でいながら、美織のことをまったく恐れていなかった。
こんな男は初めてだった。
(こやつ……)
ぎりっと美織は歯嚙みする。
しかし、いつまでも動きを封じられたままではいられない。
美織は反撃を試みた。
「むん！」
気合いも鋭く、男に身を寄せていく。
体勢を崩させるつもりだった。

しかし、敵もなすがままになってはくれない。

腕を離すや、襟元を摑む。

次の瞬間、美織の体が浮き上がった。

逆に体勢を崩されて、投げ技を喰《く》らったのだ。

「あっ！」

悲鳴が口を衝《つ》いて出た。

この男、強い。

今となっては、そう認めざるを得なかった。

美織は思わず目を閉じる。

地面に叩き付けられる刹那、ぐんと体が引っぱり上げられた。

なぜ、投げっぱなしにすることなく支えてくれたのか。

安心するのは、まだ早い。

美織は再び、手首の関節をがっちりと極められていた。

「騒ぐでない。そこもとは、小野十兵衛の仲間であろう」

「何っ……」

「答えよ」

男は淡々と告げてくる。

侮蔑《ぶべつ》も敵意も感じさせない、むしろ穏やかな声だった。

それでいて、手首を絞める力は弱めずにいる。

黙ったままではいられまい。

「ううっ……」

やむなく美織は口を開いた。

「し……知れたことを訊《き》くでない……」

痛みに耐えつつ、美織は言い放った。

「ならば良い……」

ふっと男は手を緩めた。

安堵した様子で、続けて美織に告げる。

「紛らわしいぞ、おぬし」

「えっ」

「御前さまと智音さまを護ってくれておるつもりであれば今少し、殺気を放つのを抑えてはもらえぬか」

「何だと……」

手首をさすりながら、美織は半信半疑の面持ちだった。

対する男は大真面目。

頬被りの下から向けて来る視線も、真摯《しんし》そのものであった。

「修行半ばの身ならば止むを得ぬことだろうが、そのざまでは敵を呼び寄せるばかりぞ」

「む……」

「向後は気を付けよ」

「お、おのれ」

美織の目が吊り上がった。

誤解を与えたのは悪いとはいえ、なぜ偉そうに言われなくてはならないのか。初対面だというのに、無礼にも程があろう――。

鋭く睨《にら》み返されても、男は平然としていた。

続く動きも冷静そのもの。

「しばし待て」

いきり立つ美織を、すっと押しやる。

後退させられただけではない。

「あっ」

左腰に帯びた刀を、鞘《さや》から一気に抜き取られたのだ。

「な、何をいたす!?」

「手出しは無用ぞ。下がっておれ……」

抜き身を手にした男の視線は、迫り来る一団の姿を捉《とら》えていた。

頭数は三人。

手に手に刀を抜き放ち、こちらに向かって駆けて来る。

折悪しく、行き交う者は先程から絶えたまま。

通りを抜けた先の竪川の上にも、船は一艘《そう》も見当たらない。

敵にしてみれば好都合。

今ならば誰にも見られぬうちに、斬り捨ててしまえるからだ。

言葉に出さずとも、狙いは明白であった。

しかし、男は動じない。

無言で襲い来る三人組に、ずんずん向かっていく。

自ら間合いを詰めていくことができるのは、腕に自信があればこそ。

その実力は本物だった。

続けざまに振るう刀身が、昼下がりの陽光にきらめく。

「う！」

「わっ!?」

「ぐえっ!!」

三人の敵がばたばたと倒れ伏す。

血煙は上がらなかった。

男は峰打ちを見舞ったのである。

刃が敵の体に届く寸前に反転させて軽く当て、斬られてしまったと思い込ませて失神させる峰打ちは、容易には為し得ない高等技術だ。

少なくとも、美織にはまだできない。

「何と……」

気を失った三人を見下ろし、唖然《あぜん》とするばかり。

と、男が再び手を伸ばしてきた。

「な、何をいたすかっ」

「心得違いをするでない……」

慌てて身をよじるのに構わず、男は帯の間から鞘を引き抜く。

血塗らせることなく三人の敵を制した刀を納め、ずいと差し出す。

「良き刀だ。手入れも行き届いておる」

「さ、左様か」

「この先も大事にいたせ。せいぜい腕も磨いた上でな……」

呆気《あっけ》に取られる美織に刀を返し、男は背を向けて去っていく。

野上喜平太《のがみきへいた》、二十八歳。

十兵衛の幼馴染みで親友だった。

下村藩邸に忍び込んで捕らえられた十兵衛を逃がし、不届き者として追放された喜平太は本所の裏長屋に住み着いて、人足仕事で日々の糧を得ていた。

大小の刀を持っていないのは、食うに困って売り払ったからではない。阿呆《あほう》払いを命じられ、藩邸を追い出されるときに無理やり取り上げられたのだ。

阿呆払いは主持ちの武士に対する、最大の屈辱。

着の身着のまま、取り上げられた二刀の代わりに唐傘一本与えられただけで放り出された後は、たとえ野垂れ死にしようと関知されない。むろん、二度と主家には戻れぬ運命であった。

そんな喜平太の苦しい立場を、美織は知らない。

囚われの十兵衛を助けるために、石田甚平と二人で下村藩邸に乗り込んだときに一瞬とはいえ目にしたはずなのに、はっきりと覚えてはいなかったのだ。

今は、ただただ悔しいばかりである。

「あやつめ、よくも……」

腹立たしいこと、この上ない。

しかし、相手の実力は本物。

今日は美織の完敗だった。

五

それから数日後の夕方、十兵衛は町中で喜平太と再会した。

笑福堂の建物を貸してくれている本所の地主の許まで出向いた帰り道、竪川沿いの相生町《あいおい》で思いがけず出会ったのだ。

喜平太は人足仕事が早めに終わったらしく、一旦戻ってから近所の湯屋に行こうとしているところであった。

今日も寒さが厳しいというのに、木綿の着物は汗まみれ。これから湯屋で温まりがてら、さっぱりするつもりだったのだろう。

「野上……」

「とうとう出会《でお》うてしもうたなぁ、小野」

唖然とするしかない十兵衛に、ばつが悪そうに喜平太は告げた。

腹を据えたらしく、逃げようとしない。

十兵衛も、驚いたままではいられなかった。

「湯屋に参るのならば、付き合おう」

「来るのかい？」

「汗を掻いておるのは拙者も同じぞ」

武家言葉で語りかけつつ、十兵衛は微笑む。

喜平太と共に過ごした少年の頃と変わらぬ、爽《さわ》やかな笑顔であった。


それぞれ十二文の湯銭を払い、十兵衛と喜平太は一風呂浴びた。

「おぬし、阿呆払いにされたのか？」

「うむ。危うく行き倒れになるところであったよ……」

背中を流してもらいながら、喜平太は笑顔で答える。

「左様か。おぬしも苦労したのだな」

ニッと頰を緩めつつ、十兵衛は汲みたての上がり湯をかけてやった。

笑えるほど甘い状況でなかったことは、もとより承知の上。

同様の苦しみを味わった身だけに、よく分かる。

十兵衛の場合は遥香と智音を護る一方、日々の暮らしに入り用な費えを工面する必要もあっただけに一層きつかった。

むろん、不幸自慢などするつもりはない。

十兵衛も喜平太も、自ら望んでこうなったのは同じである。

恨みごとなど、一言も口にする気はなかった。

「ともあれ、無事で何よりだったぞ」

「かたじけない」

下村藩主の前田正良が喜平太に切腹を命じず、追放させるにとどめたのは、大のお気に入りだったが故のこと。

主君の命令には、さすがの横山外記も逆らえなかったのだ。

「ううむ、左様《そ》であったのか……」

「おぬしとは反りの合わぬ御方であろうが、俺は足を向けて寝られぬよ……」

つぶやく喜平太の表情には、屈託の色など無い。

本音と見なすべきだろう。

もしも喜平太が腐っていれば、十兵衛たちを密かに見守ろうとは考えまい。

何しろ、阿呆払いにされたのだ。

無一文どころか武士の魂である刀まで取り上げられ、主家を追放されたとなれば旧友を護る余裕など、実のところは乏しいはずだ。

見守るどころか、真っ先に十兵衛を頼ってきてもおかしくない。

しかし、喜平太はそんな真似はしなかった。

共に風呂に入り、背中まで流してやれば、体付きの変化はよく分かる。

喜平太の四肢には、剣術の稽古だけでは鍛えられない筋肉が付いていた。

とりわけ顕著だったのは、両腕の筋。

刀であれ木刀であれ、振るうときは左右共に小指と薬指に力を込めるため、自ずと下筋が発達する。

だが、喜平太の腕は左右いずれも上筋ばかりが太い。主に親指と人差し指、中指ばかりを使ってきたのだろう。

湯上がりの体を拭きながら、喜平太は問わず語りで理由を明かしてくれた。

「砂利拾いは良い稼ぎになるのでな、今日も励んで参ったよ」

「砂利拾い？」

「大川の中洲まで船で運ばれ、日が暮れるまで励むのだ。腕も疲れるが一日じゅう屈《かが》んでおるので腰が痛《いと》うなってな……今日は束ね役が野暮用とのことで、常よりも早う終わってくれて助かったよ。はははは」

「左様であったか……苦労をしておるのだな」

「いやいや、おぬしほどではあるまいよ」

喜平太は明るく答える。

恨みがましさや嫉妬など、微塵も無かった。

そんな親友との再会を、十兵衛は心から喜んでいた。

「目と鼻の先ではないか。さぁ、参ろうぞ」

そう言って笑福堂に連れ帰ろうとしたのも、当然だろう。

しかし、喜平太は応じなかった。

湯屋の二階に上がり、話をするのも断られた。

代わりに所望したのは、近くの汁粉屋に行くことだった。

「大の男が二人で……か？」

十兵衛が戸惑ったのも、無理はない。

江戸の汁粉屋は甘味を楽しむだけでなく、人目を忍ぶ仲の男女が密会をする場を兼ねているからだ。

一体、何を言い出すのか。

目を丸くする十兵衛をよそに、喜平太は大真面目。

声を低めて告げる口調も、真剣そのものであった。

「曲者《くせもの》が聞き耳を立てておるやもしれぬのだ。念には念をと申すであろう……」

「……相分かった」

十兵衛は得心してうなずいた。

横山外記の執念深さは、遥香に付きまとう連中の比ではない。

十兵衛を邪魔だと思っているのは同じでも、界隈の旦那衆とお内儀たちは命まで取ろうとはしないはず。

しつこい旦那衆も遥香がなびかないからといって、さすがに手に掛けようとまでは思うまい。

だが、外記は違う。先代藩主を毒殺した事実の発覚を恐れ、遥香ばかりか智音のことまで亡き者にしようと、刺客を再三送り込んでくる。

これまで十兵衛は、独りで撃退しているつもりだった。

しかし、ここ半年ほどの間は違った。知らないところで喜平太も、密かに手を貸してくれていたのだ。

よその店で甘味を食べたいと言われたぐらいで、ムッとしてはなるまい。汁粉が所望というのであれば何杯でも、飽きるまで食わせてやろう――そんなことを考えながら、黙って後に続くのであった。


店に入った喜平太は瞬く間に、汁粉を五杯も平らげた。

盛られていたのが小ぶりの塗り椀とはいえ、呆れた食べっぷりである。

満足したかと思いきや、箸を置こうとしない。

それどころか、呆れたことを言い出した。

「食い足りぬなぁ……おかみ、すまぬが次は丼《どんぶり》で頼む。大盛りでな」

さすがに、十兵衛も黙ってはいられなかった。

「いい加減にせい。疾《と》うに腹八分目は超えておるはずぞ」

しかし、注意されても喜平太は平気の平左。

「まぁまぁ、よいではないか」

にやりと笑みを返しつつ、喜平太は熱々の丼を受け取った。

「よく入るものだな……」

「ははは、今に始まったことではあるまい」

一口啜り、喜平太はにやりと笑う。

「覚えておるか、小野？」

「何のことだ」

「おぬしに初めて拵えてもろうた、汁粉のことよ」

「さて、覚えておらぬのう……」

「俺は忘れておらぬぞ。まこと、酷い味であった」

「何っ」

十兵衛は思わず腰を浮かせた。

智音が見れば、さぞ驚くことだろう。

いつも物静かな十兵衛だが、怒れば怖い。

敵を相手取ったときは当然のことであるが、ふだんでも男同士、それも親しい仲になれば、喜怒哀楽を隠さず表に出す。子どもの頃から付き合いのある遥香は承知の上だが、智音は知らないことだった。

「おぬし、さんざん馳走《ちそう》になっておきながら何を申すかっ」

怒りの赴くままに、十兵衛はずいと身を乗り出す。

喜平太が手にした丼どころか、朱塗りのお膳ごとひっくり返してしまいかねない勢いだった。

「性根を据えて返答せい、うぬ！」

「そう怒るな。幼き頃の話だぞ」

喜平太は動じることなく、やんわりと続けて告げる。

「おぬしに言うのは釈迦《しゃか》に説法だろうが、甘い辛いも塩の味と申すそうだな」

「うむ……とりわけ汁粉を拵える上では欠かせぬことだが、それがどうした」

「その塩加減が、てんでなっていなかったのだ。元服前のおぬしが俺に振るもうてくれた、鍋一杯の汁粉は……な」

「まことか？」

「何度も申すが酷い味であった。澄まして平らげるのには往生したぞ」

「ううむ……」

十兵衛は二の句が継げなくなった。

こうして子細まで言われてみれば、徐々に思い出してくる。

あれは、十になるかならぬかの頃であった。

その頃の十兵衛は末っ子ということもあり、甘やかされてばかりいた。祖父母も健在だったために、それこそ猫かわいがりされていたものだ。

溺愛された子どもは、調子に乗りがちなものである。

怖がる遥香を野山に誘い出しては虫取りに興じたり、近所の子どもたちを束ねて大将を気取ったり、我《わ》が儘《まま》のし放題だった。

そんな十兵衛が落ち着いてきたのは、菓子作りに魅入られてからのこと。

子ども同士で遊ぶのもそっちのけで励むようになったのには、入門した剣術道場で一緒になり、いつも試作の品を食べてくれた喜平太の存在も大きかった。

最初に振る舞ったのは、たしかに汁粉だった。

代々の御料理係の家だけに、材料は常に上等のものが揃っている。

小豆を水に浸して戻した具合や火の加減も、問題はなかったはずである。

まさか仕上げの塩を多く入れすぎていたとは、夢にも思っていなかった。

「知らぬこととは申せ、すまぬことをしてしもうたな……許せ、野上」

「なーに、気にするには及ばぬよ」

　にっと喜平太は微笑み返す。

「名人も一日にして成らずと申すではないか。おぬしは亡き御上のお気に召すまでに腕を上げたのだ……何の障りもあるまいよ」

「かたじけない」

　十兵衛は深々と頭を下げた。

と、喜平太が空にした丼を差し出す。

「もう一杯だけ食わせてくれ」

「まだ足りぬのか？」

「仕方あるまい。美味いのだからな」

「そんなに汁粉が食いたくば、後で住まいに届けさせようぞ」

「いや、それは遠慮しておこう」

「何と申す？　褒めてくれたばかりではないか」

「それがな……実を申さば、まだ口に合わぬのだよ」

「おぬし、俺の汁粉をいつ食したのだ？」

「半月ほど前に、一度だけな。御国御前《おくにごぜん》……いや、遥香さまに顔を合わせるのは心苦しい故、表の床机にて馳走になった」

「成る程……我々の知らぬ間に、智音さまが相手をなされたということか」

「利発で正直な御子に育たれたものよ。わざと銭を多めに渡したら、すぐに釣りを持ってきてくだされた。小野、おぬしの教えも効いておるのだろうよ」

「痛み入る……して、その折の汁粉の味はどうであったのだ」

「まだ問うのか。それよりも、お代わりを頼みたいのだがな」

「後にせい。訊かれたことに、早う答えよ」

「仕方ないのう」

喜平太は丼を置いた。

「実を申さば、俺はつぶあんを好まぬのだ」

「ということは、汁粉のあんが気に入らぬのか？」

「それだけではない。俺の好みはこの店の如く、さらりとした、それでいて甘みの利いた汁に、小ぶりの白玉団子を浮かせたものなのだ」

「…………」

「おぬしの汁粉は下々の衆には申し分なかろうが上つ方や、町人でも羽振りのいい連中にはまず好まれまい。斯様な形《なり》で言えることではないのだが、な……」

古びた着物の袖に触れつつ、喜平太は苦笑する。

十兵衛に返す言葉は無かった。

言われてみれば、その通りである。

笑福堂の汁粉が好評なのは、庶民の好みに合わせていればこそ。

屋台で田舎汁粉が人気なのを踏まえ、漉《こ》す工程を敢えて省いたつぶあんを用いると同時に、餅も大ぶりのものを入れていた。量がたっぷりしていて飯の代わりにもなるとあって、甘いものが苦手な松三を除く界隈の河岸人足や裏長屋の住人、独り暮らしの男たちにも好評だった。

それでいて、旦那衆やお内儀連中には受けが悪い。

遥香を目当てに集まってくる亭主も、意地を焼いて監視しに来る女房どもも汁粉は一口か二口しか口を付けず、餅に至ってはいつも齧《かじ》った跡さえ見当たらない。

何事も、ただの嫌がらせではなかったのだ。

純粋に口に合わず、食べ残されていただけなのだ。

「強いて改めるには及ぶまいぞ、小野」

黙り込んだ十兵衛に、喜平太が告げてきた。

「おぬしの汁粉は、売れておるのだろう？　ならば、それでいいではないか」

「されど、それでは……」

「止《よ》せ止せ、捨てた昔に立ち返るのは」

喜平太は分厚い手のひらを打ち振る。

しばらく見ないうちに、胼胝《たこ》が増えていた。

「おぬしの本当の味は、今も昔も変わってはおらぬ。無理に腕を振るうて、上つ方の舌に合わせるには及ぶまい。俺はそう思うぞ」

「…………」

図星だった。

十兵衛は店先に並べるものと特別な注文では、微妙に味を変えている。

半生カステラのような洋風菓子はみんな珍しさが先に立ち、好奇心で買い求めてくれるのでまだいいが、世に普及して久しい類いのものは、そうはいかない。たとえば将軍家に献上した薯蕷まんじゅうと、店に並べている品々とでは、まったくの別物であった。

二年前に店を構えた当初はそうした加減ができず、本所の地主に指摘されるまで味も形も品のいい、こなしやねりきりばかり拵えてはひとつも売れずにいた反省を踏まえ、主な客である下々の人たちの口に合うようにと毎日心がけているのである。

もちろん、特別の注文が入れば話は違う。大店から頼まれれば相手の格にふさわしく、上品な味付けにするのを忘れない。

しかし、大きな鍋でまとめて作る汁粉となれば、味を均一にせざるを得まい。客のほとんどは庶民である以上、好みに合わせることが必要なのだ。

だが、それでいいのだろうか。

十兵衛は知らぬ間に、界隈の旦那衆とお内儀連中に軽んじられてしまっていた。

遥香の美貌が当人の望まぬ注目を集め、周囲の男女が勝手に嫉妬するのは、今に始まった話ではない。娘時分にも家中の藩士の子弟がみんな躍起になって彼女の気を惹《ひ》こうとし、そんな若者たちに恋い焦がれる娘が怒り出して、何の罪もない遥香を邪険にするということが、しばしばあった。

当時は致し方なかったにせよ、今は十兵衛が遥香を護る立場である。

お高くとまった町人を黙らせるのは、刺客どもを退けるより難しい。

「…………」

十兵衛の表情は曇るばかり。

「焦るには及ぶまいぞ、小野」

と、喜平太がのんびりとした口調で言った。

手には熱々の丼を持っている。

十兵衛が呆然としている間に、お代わりを頼んだらしい。

「我らはまだ若いのだ。剣の道も菓子作りも、先は長いぞ」

箸を動かしつつ、告げる喜平太の口調は優しい。

それでいて、目の輝きは真剣そのもの。

「俺とて、今のままでは終わらぬよ。いずれ名のある家に仕官を果たし、これほどの逸材を阿呆払いに処したことを御上に悔いていただくつもりだ」

「おぬし、本気で言うておるのか」

「このぐらい気宇が壮大でなければ、やっていけまい。はははは」

「野上……」

「ああ、美味ぃのう」

舌鼓を打ちながらも、がっついてばかりいたわけではない。

喜平太の話によると、国許の親族は無事とのことであった。

「芸は身を助くということぞ、小野」

そのときばかりは箸を動かす手を止めて、喜平太は言ったものだ。

小野家は下村藩主に代々仕える御食事係。

どれほど外記が罰すべしと唱えたところで、受け継がれた技は容易に替えが利くものではない。

何よりも、現藩主の前田正良は事を重大視していなかった。

先代藩主で兄の慶三を毒殺したという遥香は許しがたく、座敷牢を破って脱藩に及んだ十兵衛のことも、放っておくつもりはない。

だが、何事も小野家とは無関係。

不肖の息子の十兵衛を絶縁することさえ承知すれば、問題は無い。

正良は左様に判じ、今も御食事係を命じているという。

「されど小野、遥香さまの親御は危ういぞ」

「何……」

「押し込めにされておるらしい。むろん、外記めの差し金だ」

「おのれ……」

十兵衛は悔しげに呻《うめ》いた。

沸き上がる怒りを抑えながら、十兵衛は問うた。

「おぬし、そのことを誰に聞いたのだ？」

「紺野を捕らえ、口を割らせた」

「たしか紺野と申さば、おぬしの朋輩ではないか」

「左様。小姓組で親しゅうしておった仲だ」

「旧友を痛め付けたのか……」

「手加減した故、左様な顔をいたさずともよい」

「……すまぬ」

一言詫びて、十兵衛は黙り込む。

知らぬこととはいえ、喜平太に辛い思いをさせてしまったのが心苦しい。

外記に対する怒りを、募らせずにはいられなかった。

だが、敵は手強い。

力押しで攻めてくるだけならば、まだいい。

外記の侮れぬ点は、持ち前の狡猾さだった。

十兵衛に美織、甚平といった腕利きの面々の護りが堅いのは、もちろん外記とて承知の上である。

配下をどれだけ無駄死にさせても構わぬとは、さすがに考えてはいない。

家中の士が幾人も、理由もはっきりしないまま斬られてしまっては、江戸家老として責任を問われることになるからである。

そこで十兵衛たちが目を離した隙を狙い、遥香を討つことを命じていたのだ。

すべて喜平太自身が調べ上げ、確証を得たことだった。

「故に俺の代わりに、目を配ってくれていたのか……かたじけない、野上」

「水くさいことを申すでない。ところでもう一杯だけ、お代わりを頼んでも構わぬか？　まことに、これで最後だ」

「お安い御用だ。何杯でも食うがいい……」

今となっては、十兵衛も文句を言わない。
自慢の味にケチを付けられたことも、気にしてはいなかった。
故郷は遠くに在って想うもの。
そして友は、直に話してこそ情が深まる。
少年の頃と変わっていないところを見つけるのも、喜ばしい。
親友は今も昔も、大の甘味好きであった。

六

「あー、食った食った」
十兵衛と別れた喜平太は、上機嫌で家路を辿る。
甘いもので空腹を満たせば、気分も落ち着く。
そんな気の緩みを、相手は鋭く突いてきた。
仕掛けられたのは、長屋の近く。
暗がりに身を潜めた相手は、木刀を引っ提げていた。

「ヤッ！」

「むむっ」

気合いも鋭く躍りかかったのを、喜平太は紙一重でかわす。

今少し油断をしていれば、胴をしたたかに打たれていたに違いない。

サッと喜平太は身構えた。

応じて、相手も体勢を立て直す。

紫の布で覆面をしているので、顔形までは分からなかった。

しかし女人特有の、甘い香りまでは隠せない。

「香を焚《た》き染《し》めておるな……風流なことだ」

「だ、黙れっ」

「ははは、その声は聞き覚えがあるぞ」

告げる口調は余裕綽々《しゃくしゃく》。

相手の正体を見切ったことで、焦りは失《う》せていた。

「夜叉姫どの、今宵は何用でござるか」

「知れたことぞ、今一度勝負いたせ！」

「ふっ、愚かなことを申すでない」

喜平太は苦笑した。

「おぬしは女人であろう。左様に勇ましい形をして、むくつけき男どもとやり合うには及ぶまい。俺のことなど相手にするな」

「黙れい！」

美織は侮蔑と受け取ったらしい。

「仕方ないのう」

聞く耳を持たないと知るや、喜平太は動き出した。

「エイッ」

打ちかかるのを機敏にかわし、さっと間合いに踏み込む。

「あ！」

美織の防御は間に合わなかった。

しかも、今宵の攻めは先日よりも荒っぽい。

どっと地面に押さえ込まれ、たちまち美織は動きが取れなくなった。

「こ、殺せ!!」

「おいおい、無茶を申すな」

喜平太《き》は困った顔になる。

関節を極めた腕も、早々に緩めざるを得なかった。

それでも一言、去り際に告げるのは忘れない。

「刀を帯びるのは止めておけ。それがおぬしのためだ」

「何っ」

「どこまでいっても女は女。男には勝てまいぞ」

「お、おのれ、まだ言うかっ」

「どのみち精進したいのならば武芸の上達を願うよりも、女の幸せを得られるように努力いたせ。それがおぬしのためぞ」

「くっ……」

美織は悔しげにうつむくばかり。

今は何を言い返したところで、負け惜しみとしか受け取られまい。

そう思えば、黙って踵を返すしかなかった。

去りゆく胸の内は、悔しさで一杯。

またしても完敗だった。

下村藩の江戸屋敷は、本郷の一画に在る。

一万石の小大名とはいえ、加賀百万石の前田家に連なる一族だけに幕府から軽く扱われてはいない。

小体《こてい》ながら一等地に屋敷を構えていれば、他の大名家からも一目置かれる。その藩邸で実権を握る横山外記の権勢も、大したものだった。

外記の住まいは、藩邸の敷地内に与えられた一戸建て。

江戸家老の官舎ともなれば、藩士たちが住まう御長屋と違って広々している。

今宵も外記は文机《ふづくえ》の前に座り、独りで想を練っていた。

「来年は御上《おかみ》もご出府なされる……その前に、片を付けておかねばなるまいの」

ひとりごちる口調は、真剣そのもの。

この男、ただの権勢欲の塊ではない。

尊王攘夷に揺れる世情を顧《かえり》みずにいながら、家中を一本化することには常に気を配っていた。

このまま遥香を生かしておけば、要らざる抗争の火種になりかねない。

攘夷を唱える者たちが、家中に増えてきたからだ。

藩政の改革を唱える彼らにとって、旧態依然で構うまいとする外記は邪魔で仕方のない存在。暗殺しようとは思わぬまでも、何とか江戸家老の座から引きずり下ろそうと、ネタを必死に探している。

そんな彼らにとって、先代藩主毒殺の真相は格好の材料だった。

遥香が真犯人には非《あら》ずと信じているのは、十兵衛だけではない。

今も家中には遥香の無実を訴え、死んだ奥女中を使って毒を盛らせた黒幕が他に居ると唱える者が少なくなかった。

むろん、表立っては口にしない。

今は外記の勢力が盤石《ばんじゃく》であり、誰にも手出しができないからだ。

だが、攘夷派の藩士団が動けば状況は変わる。

黒幕は外記と見なし、遥香を担ぎ出して藩主に直訴を試みれば、聞き届けられぬまでも騒動の端緒となるのは必定。

外記は正良に呼び出され、真偽のほどを問いただされることになる。

「詮議の結果はどうであれ、御上のご不興を買《こ》うてはなるまいぞ……」

若き藩主が潔癖であることを、外記は重々承知していた。

たとえ有罪にならなくても、疑いを掛けられたというだけで江戸家老の職を解きかねない。

そんなことになれば、長年の苦労も水の泡だ。

労苦を重ねた末に手に入れた権勢の座を、こんなことで手放したくはない。

邪魔者は、速やかに排除すべし。

遥香を亡き者にするためには、護る者を討ち取る必要があった。

標的は小野十兵衛。

そして、野上喜平太。

どちらが制しやすいかといえば、喜平太である。

十兵衛には夜叉姫の異名を取る、無外流の女剣客が付いている。

調べによると、十兵衛に懸想《けそう》しているのが明白とのことだった。

好いた男のためならば、命も惜しむまい。

タイ捨流の石田甚平も手強い相手だった。

その甚平のあるじである岩井信義まで十兵衛に惚れ込み、後ろ盾になっているのだから、厄介なこと極まりない。

となれば、先に喜平太を始末するべきであろう。

「誰《たれ》かある！」

外記は立ち上がった。

刺客に任じたのは、馬廻《うままわり》組の面々。

有事には主君の馬前を護る、精鋭たちだ。

いつでも戦に出られるように日頃から鍛錬を欠かさずにいる、彼らの実力は凡百の侍の比ではない。

しかも揃って身の丈が高く、たくましい。

小柄な喜平太では、一対一でも手に余るはずだ。

大挙して差し向ければ、まず無事では済むまい。

「遠慮は無用ぞ。存分に腕を振るうがいい」

「ははっ！」

呼び出された馬廻組の猛者《もさ》たちは、一斉に頭を下げた。

江戸家老に恩を売っておけば、出世につながるのは承知の上。

武骨なばかりのようでいて、機を見るに敏な連中でもあった。

七

命を受けた馬廻組は丸三日を費やし、喜平太の動きを探った。

襲撃したのは、四日目の夜。

朝早くから人足仕事に励み、疲れ切っての帰り道を狙って仕掛けたのだ。

「うぬら、何奴か！」

「問答無用ぞ。覚悟せい」

有無を言わせず、組頭が刀を抜いた。

後に続き、配下たちが一斉に抜刀する。

さすがに、丸腰のままでは太刀打ちできない。

「く！」

喜平太は周囲を見回す。

夜更けの六間堀を行き交う者は、誰も居ない。
堀に浮かぶ船に飛び移れば、積んである竿が武器になる。
そんなことは、もとより敵も承知の上。
じりじりと取り囲む、足の運びは計算されたもの。
押し包んで動きを封じ、斬り捨てる所存であった。
さすがの喜平太も絶体絶命。
斬り付けてくるのをかわすだけで、精一杯だった。
と、囲みの一角が不意に破れた。
配下の一人が、前のめりに倒れたのだ。
「何をしておるかっ!」
組頭が叱《しか》り付けても、返事は無い。
代わりに返ってきたのは、凛とした美織の声。
「おぬしたち、多勢に無勢とは卑怯であろう」
美織の瞳に迷いの色は無い。
喜平太を助け、戦い抜く覚悟であった。

どうしてそんな気持ちになったのか、自分でも分からない。

あれほど首ったけだった十兵衛の許に行くのを止めてしまい、喜平太の後ばかり尾けるようになったのも、解せないことだった。

しかし、そうせずにはいられなくなったのだから、仕方あるまい。

そんな当人も不可解な行動が、喜平太にとって幸いしたのだ。

「ヤッ！」

機敏に地を蹴って跳びかかり、敵の刀を奪い取る。

同時に美織も斬り込んでいた。

美織は女人にしては背が高く、体も鍛えられている。

声こそやや高いものの、宵闇の中では女だと気付かれていなかった。喜平太に言われて香を焚くのを止め、体の匂いを消すように努力した甲斐もあったのだろう。

対する馬廻組の面々は、実戦慣れをしていない。

有事に備えて鍛錬を積んだ肉体こそたくましいが、真剣勝負に臨んだのは初めてのことだった。

数に任せて優位に立っても、陣形を維持できなくては話になるまい。

美織に外から囲みを破られ、喜平太に中から攻められては防戦一方。粘れば手傷を負う者が増えるばかりだ。

「ひ、退《ひ》けっ」

組頭の下知《げち》を受け、馬廻組が慌てて退散していく。

「まだ未熟と申すつもりか、おぬし？」

「いや……助かったぞ」

命拾いした喜平太は、屈託なく微笑み返す。

「ふふ……」

美織も諍《いさか》いを水に流し、仲良く笑い合うのだった。

第四章　きんとん

一

江戸市中の誰もが等しく新年を祝い、休みを取るのは元旦だけのことである。
一夜明けて正月の二日から、世間は常の通りに動き出す。
菓子を商う店々も、例外ではない。
日本橋の和泉屋でも、夜が明ける前から職人たちが忙しく働いている。
一方で、あるじの仁吉はふさぎ込むばかり。
床を取り、仰向《あおむ》けになったまま鬱々《うつうつ》としていた。
「ったく、参ったぜ……」
年が明けて、仁吉は三十九歳になっていた。
薄闇に浮かぶ横顔は、彫りが深い。

齢《よわい》を重ねて、持ち前の苦み走った男ぶりにもますます磨きがかかってきた。

そんなことなど、今の仁吉にとってはどうでもいい。

年が明けて早々から深刻にならずにいられないのは、年の瀬に注文を受けた菓子を作る段取りが、まるっきり付いていないからだった。

頼まれた品は、きんとんである。

後の世のお節料理に欠かせない、栗やいんげん豆を甘く煮て、さつまいものあんと混ぜ合わせたものとは違う。

春夏秋冬の季節に合わせて意匠を凝らし、茶席で供する主菓子《おもがし》のことだ。

暖かな春を迎えて咲く花や、初夏に生い茂る新緑などを表現する材料は、裏漉しをしてさまざまな色に染めた、そぼろ状のあん。芯にするのは、あんこ玉や丸めた求肥《ぎゅうひ》である。

時に華やかに、時に控えめに四季を表し、目にした者を感心させずに置かない主菓子としてのきんとんは、十一代将軍の家斉《いえなり》公の寛大な治世の下、町人社会が爛熟《らんじゅく》した文化～文政年間（一八〇四～三〇）に、京の都で作られ始めた。

本場の京で修業を積んだ仁吉の許には、いつも注文が絶えない。

こたびの注文は、とりわけ大事なものであった。

父親の代から贔屓にしてもらっている茶道の宗匠が、初釜《はつがま》——年明けに弟子たちを集めて催す茶会《ちゃかい》において供する菓子だからだ。

毎年のこととはいえ、気は抜けない。

仁吉にとってはきついと同時に、大いに腕の振るい甲斐のある仕事だった。

ところが今年に限って、予期せぬ事態が起きた。

「くそったれ……」

仰向けになったまま、仁吉は悔しげに視線を動かす。

体に掛けた夜着から、両の手首が外に出ている。

どちらも包帯がきっちりと、指先まで巻かれていた。

凶事に見舞われたのは、大晦日《おおみそか》のこと。

二年参りに出かけた夜道で、通りすがりの相手に両手首を一撃されたのだ。

すれ違いざまに打ちかかったのは、着流し姿の男だった。もちろん町奉行所には被害の届けを出してあるが、まだ正体は摑《つか》めていない。

用いた得物も不明であった。

懐に入る長さの木身刀《ぼくしんとう》か、それとも鉄の棒だったのか――。

刃物で斬り落とされなかったのは、せめてもの救いと言えよう。

とはいえ、動かぬ両手は役に立たない。

取り急ぎ呼んだ骨接ぎの診立《みた》てによると、幸い折れてはいないものの、ひびが入っているので絶対安静、みだりに動かせば後に障るとのことだった。

仁吉とて、何事もなければそうしていたい。

自分が店に出なくても、商いは何とかなる。

いつも店頭に並べている菓子ならば、職人たちだけでも作れるからだ。

しかし、注文品はそうはいかない。

舌の肥えた上客は、仁吉が腕を振るわなくては納得しない。

京の都で修業を積んだ、自分にしか出せない味を求められているのだ。

だが、手が動かなくては万事休すである。

これまでにも、苦しい局面は何度も乗り切ってきた。

ところが、こたびばかりはどうにもならない。

依頼を断ることは許されなかった。

動けぬ仁吉に代わって番頭が年始の挨拶に出向き、あるじの怪我《けが》のことを話したものの、今になって何を言い出すのかと驚かれ、やむを得ないのであれば店の職人の作でもいい、どうあっても和泉屋仁吉の名前で、例年通りの出来映えの菓子を用意してほしいと乞われるばかりだったという。

無理もあるまい。

初釜は茶道家たちにとって、年頭の大事な行事。

華やかな席を彩るのに、名のある菓子は欠かせない。

仁吉の受けた災難は、年が明けて早々から市中で噂になっている。

それでも名菓が必要なのだ。

他の者に作らせてでも、揃えなくてはならないのだ。

「ちくしょう……一体どうすりゃいいってんだい……」

弱々しくつぶやく仁吉の目は赤い。

昨夜も一睡もできていない。

代役が務まる者が居れば、何も悩むことはなかった。

しかし、店の職人たちでは荷が勝ちすぎる。

和泉屋育ちの面々に無理なことを、よそで賄えるはずもあるまい。
修業時代の縁を頼れば、京の都から腕利きの職人を呼び寄せることもできる。
相手を騙《だま》すことにはなるが、納品できないよりはマシだろう。
だが、肝心の時が足りない。
半月がかりで江戸まで下って来てもらっても、とっくに初釜は終わっている。
もはや仁吉に打つ手は無かった。
こういうとき、酒が飲めれば苦労はしない。
仁吉は下戸《げこ》であった。
傷に障る心配は別として、体が酒精を受け付けない。
悩みは尽きず、酔い痴《し》れることもできない。
かつて十兵衛に行った、酷い仕打ちの報いを受けたかのような有り様だった。

二

翌日の昼下がり。

十兵衛は店が空いてきたのを見計らい、二階に上がって紋付に着替えた。

久しぶりの羽織袴である。

「わぁ、かっこいいね」

階段を降りてくると、智音が黄色い声を上げた。

「まことにお似合いですよ、十兵衛どの」

遥香も笑顔で迎えてくれた。

十兵衛の頬も、思わず緩む。

「後は頼みまする、御前さま」

「しーっ！　私はおはるでございますよ」

遥香は唇に指を当てた。

幸い客はいなかったとはいえ、油断は禁物。

そう決めた当人の十兵衛が迂闊《うかつ》なことをしては、話にならない。

「すみませぬ」

十兵衛は慌てて頭を下げる。

幼い頃には「はるか」と上手く言うことができず、おはる、はるちゃんと縮めて呼んでいたのに、大人になった今は気を付けていないと、すぐに「御前さま」と口にしてしまう。

（俺もまだまだ甘ちゃんだな……）

己の迂闊さに苦笑しつつ、十兵衛は勝手口から表に出た。

元旦と正月二日は初詣帰りに立ち寄る客で大いに賑わったものだが、三日ともなれば、人の出も落ち着いてくる。

十兵衛が年始の挨拶をしに向かった先は、日本橋の和泉屋。

日頃から懇意にしている信義に美織、笑福堂の貸主である本所の地主などには年明け早々に寸暇を縫って、すでに年始回りを済ませておいた。

智音が世話になっている手習い塾の先生や裏長屋の住人たちにも、挨拶かたがた菓子を配ってある。

そして今日は遅れ馳せながら、仁吉を訪ねるつもりだった。

かつては勝手に勝負を挑まれたり、目の敵にされたりして迷惑を被ったものだが今は和解した間柄。後回しになってしまったのは申し訳ないが、年始の挨拶を欠くわけにはいくまい。

新大橋を渡れば、日本橋まではゆっくり歩いても四半刻ばかり。

浜町河岸を経て人形町を抜け、右手に折れて道なりに歩いていくうちに、流れる川が見えてきた。

日本橋川である。

仁吉が店を構えているのは、川を越えた先の表通り。

「む？」

異変に気付いたのは、店の前に来たときのことだった。

和泉屋は常と変わらずに忙しそうだ。

しかし、十兵衛の目はごまかせない。

いつも聞こえる、仁吉の声がしないのだ。

仁吉は若いながらも、和泉屋の看板を背負う三代目だ。

失敗をした職人を叱る声は大きく、表まで聞こえてくるのが常だったが、文句を言う客は一人もいない。

仁吉は職人たちを束ねるに値する、たしかな腕を備えている。

その腕を受け継いでほしいと思えば、下の者に厳しくするのも当然のこと。

和泉屋の味を愛する立場としては仁吉にも職人たちにも、大いに頑張ってほしいと願うばかりである。

十兵衛も、そう思っている一人であった。

それにしても、中の様子が気にかかる。

暖簾越しに見える、女将《おかみ》の表情も心なしか浮かない。

十兵衛は確信した。

(あの噂、まことであるらしいな……)

大晦日の夜、仁吉が何者かに襲われて怪我をしたという噂である。

知らせてくれたのは、まったく似合わぬ紋付姿で年始の挨拶に来た松三。

商売柄、いち早く情報が得られたらしい。

ここから先は、思案するより行動すべし。苦しんでいるのなら放っておけない。

十兵衛はさりげなく暖簾を潜った。

「いらっしゃいまし」

うやうやしく頭を下げる女将は、京の生まれ。

仁吉が修業中に知り合い、江戸に連れ帰ったと聞いている。

遥香とはまた違う、はんなりした品の良さを漂わせる佳人であった。

「深川元町の笑福堂にございます。遅れ馳せながら、年始のご挨拶に参りました」

「ごていねいに痛み入ります」

十兵衛の挨拶を受け、女将は重ねて頭を下げる。

常の如く、振る舞いにそつがない。

それでいて、明らかに打ち沈んでいた。

京の女人は白粉《おしろい》を厚く塗った上で口紅は控えめにし、表情の動きを分かりにくくする慎ましさが美徳と言われている。

そんな京美人から憂いがはっきり感じ取れるとは、尋常ではない。

やはり、仁吉は怪我を負ったのだ。

しかも、よほど傷は深いらしい。

見舞いを願い出たものの、断られてしまったからだ。

「申し訳ありません。お気持ちだけ、有難く頂戴いたしますので……」

女将はそう言って今一度頭を下げ、十兵衛を表に送り出した。

食い下がっては、店に迷惑がかかってしまう。

となれば無礼を承知で、奥に忍び込むのみだ。
十兵衛の行動は、信義の心配を受けてのことだった。
昨日、年始参りに出向いた折のやり取りである。
『和泉屋の仁吉が怪我を負うたそうな』
『噂には聞き及んでおりまする』
『ならば話は早い。そのほう、会《お》うてやってくれぬか』
『それは構いませぬが、何故にでございますか』
『実は和泉屋を潰そうとする、不穏な動きがあってな……』
『何と……』
『同じ日本橋の出雲屋《いずもや》を存じておるか？』
『大層な構えのお店《たな》にございますな』
『左様、身の程知らずのやつばらよ』
信義は不快げに言った。
『出雲屋はな、十兵衛。和泉屋の後釜を狙《ねろ》うておるのだ』
『まことですか？』

十兵衛は驚いた。

『拙者が如き小店《こだな》を営む身で申すのも何ですが、それほどの力があろうとはとても思えませぬ』

『さもあろう。不味《まず》い菓子しか置いておらぬ故な』

苦笑しつつ、信義は先を続けた。

『それでも大きな顔をしておるのは、娘の嫁いだ先が旗本だからだ。故に大した品も作れぬくせに、やたらと幅を利かせておるのよ』

『左様にございましたのか……』

納得しながらも、十兵衛は続けて問うた。

『仁吉どのの後釜狙いということは、もしやご隠居さまの御許《みもと》にも？』

『うむ。しばしば機嫌を伺いに参っておる。もとより不味いと承知の上ゆえ、包みも解《と》かずに返させておるのだが、なかなか懲りぬわ』

『厄介な相手にございまするな』

『とにかく、しつこいのだ。あやつならば、無頼の者など雇うて仁吉を襲わせたとしても不思議ではあるまい』

『…………』

『こたびの災厄と関わりがなければよいのだが、仁吉が手首を打たれたというのが気にかかる。職人の命だからの』

『刀取る身にとっても、同じにございまするな』

『左様』

十兵衛の言葉に、信義は深々とうなずいたものだった。

岩井信義は、将軍の御側《おそば》御用取次《ごようとりつぎ》を長らく務め上げた身。

いざというとき身を捨てて戦う気構えは、常に持っていた。

もとより十兵衛や美織、甚平のような剣客ではなく、刀の扱いを辛うじて心得ている程度であったが、それでも気概というものがある。

武士も職人も、手が使えなければどうにもならない。

『まこと、許せぬわ……』

仁吉を襲い、傷を負わせた者に対し、信義は本気で腹を立てていた。

ともあれ、今は和泉屋を護ることを考えてやらねばならない。

そう思えばこそ、十兵衛に子細まで打ち明けたのだ。

『よいか十兵衛、もしも仁吉が苦しんでおるならば会《お》うて励まし、力になってやってもらいたい。武士《もののふ》と職人の心を等しく解する、そのほうにこそ頼みたいのだ』

『心得ました』

そんなやり取りを経て、十兵衛は日本橋までやって来たのだ。

甘味をこよなく愛する信義は、和泉屋の存続を心から願っていた。

十兵衛に対する恨みを捨てて反省し、以前にも増して菓子作りに精進しているのだから、応援したくなるのも当然だろう。

十兵衛も、思うところは同じであった。

三

その夜、十兵衛は改めて日本橋に出向いた。

地味な着物の下に、腹掛けと股引を着けている。

以前に本郷の下村藩邸に忍び込んだときと同じ、闇にまぎれるための装いだった。

夜も更けて辺りが静まり返る中、和泉屋の裏手に回る。

塀を乗り越え、音を立てることなく庭に降り立つ。

仁吉が離れで寝起きをしていることは、信義が調べてくれた。

他人ばかりか女房まで遠ざけ、夜は独りで寝ているということまで、信義は抜かりなく突き止めていた。

騒ぐ者がいないとなれば、十兵衛もやりやすい。

縁側に忍び寄り、そっと雨戸を外す。

足音を殺して廊下を進み、目指す部屋へと辿り着く。

耳を澄ませ、障子越しに気配を探る。

寝息は聞こえてこなかった。

その代わり、微かな物音がする。

(衣擦《きぬず》れ……着替えておるのか?)

続いて聞こえたのは、何かを蹴飛ばす音。

何事かと判じる間もなく、小さな呻き声がした。

サッと十兵衛は障子を開ける。

仁吉は鴨居《かもい》にぶら下がっていた。

足元に転がった踏み台が揺れている。

鴨居に帯を通して輪を作り、首を吊ったのだ。

十兵衛は一気に跳んだ。

間一髪で下から支え、ぐったりしているのを下に降ろす。

幸い、帯は完全に絞まっていなかった。


「しっかりせい」

耳元で呼びかける、十兵衛の声は抑えたもの。

こんなことを家族に知らせてはなるまい。

それに、この様子ならば医者を呼ぶまでもなく蘇生させられる。

左様に判じればこそ、敢えて騒ぎはしなかった。


目を覚ましたとき、仁吉は布団に横たえられていた。

「お前さんは、笑福堂の……」

「気が付いたか、仁吉どの」

唖然とするのに笑顔で答え、十兵衛は仁吉の肩を支える。

「急に起きてはいかんぞ。まだ休んでおれ」

「お前さん、俺を助けてくれたのかい……」

「うむ。おぬしにとって幸か不幸かは分からぬが、な」

「ちっ、余計な真似をしやがって……」

「その意気ならば、大事はあるまいよ」

苦笑しながら、十兵衛は夜着をかけ直してやる。

「……すまねぇな」

仁吉は大人しくなった。

大声を上げるつもりなど、もとより無いらしい。

自ら命を絶とうとしたのを知られれば、家族も職人たちも、和泉屋に明日は無いと分かってしまう。

死んでしまった後ならば諦めも付くだろうが、仁吉が生き残った上で事の真相を知れば、絶望する度合いは更に大きいはず。

相手の胸の内を察して、十兵衛は余計なことを言わなかった。

今は、家長の責任を問うている場合ではない。

死を選びたくなるほど思い詰めた理由を、まずは確かめる必要があった。

「話してくれぬか、仁吉どの」

「へっ、聞いたところでどうにもなるめぇ」

「左様なことを申すでない。おぬしの力になりたいのだ」

食い下がる十兵衛の態度は真剣そのもの。

かつての敵の身を、心から案じていた。


根負けした仁吉は、一部始終を明かしてくれた。

「成る程、幻斎我翁《げんさいがおう》どのの初釜か……」

「そういうこった。さむれぇ上がりのお前さんなら分かるだろう?」

「うむ。店の職人でも手に負えぬとは言えまいよ……」

十兵衛が口にしたのは、依頼主の宗匠の名前。

菓子職人の間ではそれと知られた、うるさ型の茶人である。

しかも、元は大身旗本。

同じ武家の出でも、十兵衛とは格が違う。

それどころか信義も文句をつけがたい、大物であった。

(ご隠居さまはもとより承知の上だったのかもしれぬな……それで俺を仁吉の許に差し向けたか)

そうだとしても、十兵衛は構わなかった。

両手が碌に動かぬ有り様で、精緻な細工を必要とするきんとんを、しかも初釜ということで大挙して足を運んでくる、客の数だけ揃えるなど無理な話。

ここは一番、代役を買って出るしかあるまい。

意を決し、十兵衛は告げた。

「ならば拙者が手を貸そう、仁吉どの」

「お前さん、本気かい？」

仁吉が困惑したのも無理はなかった。

十兵衛の申し出は有難い。

血迷って自害しかけたのを止めてくれた上に、代役を買って出てくれるとなれば涙が出るほど嬉しい話であった。

しかし、きんとん作りは難しい。

腕に覚えのある菓子職人でも、容易にこなせる技ではないのだ。

まして、仁吉は本場の京で修業を積んだ身。

勝負に敗れはしたものの、実力は十兵衛の上を行っている。

代役を任せる以上、徹底して技を教えなくてはならない。

十兵衛ほどの下地があれば、覚えることは可能だろう。

だが、そんな気にはなれなかった。

仁吉が振るう菓子作りの技は厳しい修行に耐え抜いた末に、独自の工夫を加えて開眼したもの。可愛い弟子でもある店の職人にさえ滅多なことでは教えない。

まして十兵衛は赤の他人である。激しい対立を経て和解するに至ったとはいえ、苦労して身に付けた秘技を明かすのは口惜しい。

とはいえ菓子が揃わなくては話にならず、下手をすれば店まで潰れてしまう。

場合が場合だけに、店の職人たちにならば出し惜しみせず伝えてもいい。

されど、彼らでは技量が追いつくまい。

十兵衛ならば何とかしてくれるはずだが、仁吉の矜持《きょうじ》が頼ることを許さない。

一体、何とすればよいのか――。

「余計な思案は止めよ、仁吉どの」

黙り込んだ仁吉に、十兵衛は静かに告げた。

「口で幾ら信じろと申しても、無駄であろう」

「…………」

「ならば、これではどうか」

言うと同時に、十兵衛は奇妙なことを始めた。

手ぬぐいを取り出し、拡《ひろ》げたのを半分に折る。

目隠しをする様を、仁吉は驚いた顔で見つめていた。

「お前さん、何を始めようってんだい……」

「決まっておろう。おぬしの手になるのだ」

答える十兵衛は大真面目。

仁吉は訳が分からない。

一体、何を言われているのだろうか。

「俺の手に……だと？」

「この通り、拙者の目は封じた。頼りはおぬしの指図のみだ」

「十兵衛さん、お前さんは本気で……」

「左様。事に乗じて、おぬしの技を盗もうとは考えておらぬ。ただ、言われたことをやるのみだ」

「…………」

仁吉は絶句せずにいられない。

意味は分かったものの、にわかに信じがたかった。

十兵衛の申し出は、職人の誇りがあれば口にできないことだった。

言われるがままに、手だけを動かす。

師が弟子を使うのならばともかく、十兵衛は仁吉と対等の間柄。店の構えこそ比べるべくもないが、二度も勝負を制している。

にも拘わらず、弟子以下の扱いを望んで受け入れるというのだ。

目隠しをしたのは、技を盗まぬ約束を裏付ける振る舞いだった。

どの世界でも、技は目で見て覚える部分が大きい。

見取り稽古と言われ、見学することの重要性が説かれるのも、そのためだ。

故に、十兵衛は自ら視界を封じたのである。

仁吉の手となり、菓子を作ることしか、考えていないのだ。

ここまでされては、信用しないわけにもいくまい。

「……分かったよ。お前さん、助《す》けてくれるかい？」

「承知した。好きなように使《つこ》うてくれ」

答える十兵衛に気負いはない。

縁あって知り合った以上、仁吉も護りたい者の一人である。

敵対したのも、過去の話。

和解したからには、窮地を見捨ててはいられない。

全力を以て、代役を全うするつもりであった。

四

かつて敵対した者同士が、力を合わせれば頼もしい。

菓子を納める期日が迫る中、二人は試作に毎日取り組んでいた。

十兵衛が手の空く、午後のいっときを使ってのことだった。

和泉屋も笑福堂も使わず、岩井家の台所を借りている。

姿を見せない敵の狙いは、和泉屋を潰すこと。

目を光らせているとすれば店では危ないし、十兵衛が代役であることも知られてしまってはまずい。

二人はいつも別々に、念入りに顔を隠して屋敷に入るように心がけていた。

人はもちろん、材料の出入りも人目についてはまずい。

きんとんの素材は、すべて信義の計らいで集められた。

信義の意を汲んだ甚平が指示を出し、いつも屋敷で購入している食材に紛れ込ませて持ち込んだのだ。

『むろん無料《ただ》ではないぞ。我翁どのから礼金を受け取りし後に返すのだ。その金子でなくば受け取らぬから、左様に心得よ』

『肝に銘じやす、ご隠居さま』

勢い込んで、仁吉はそう答えたものだ。

十兵衛と信義の計らいに尽きぬ感謝の念を抱きながら、今日も張り切っていた。

「手が遅いぜ、何やってんだい！」

意気込んでいればこそ、十兵衛に飛ばす叱咤はキツい。

「急いてはなるまいぞ、仁吉どの」

指示されるがままに動きながらも、十兵衛は言うべきことは必ず言う。

もちろん仁吉も負けてはいなかった。

「てやんでぇ、こっちは気が乗ってるんだ」

「左様か……。ならば良い」

「へっ、うちの嫁より物分かりがいいなぁ」

仁吉は嬉しげに笑った。

と、今度は十兵衛が逆に急かした。

「次は何をいたせばよいのか、早う言うてくれ」

「へっ、急くなと言ってたくせによぉ……」

たしかに、気を抜いている暇は無い。

指定された期日までは、あと二日。

そろそろ試作を繰り返すのは止めて、本番を始めるべき頃合いだった。

「大事ないか、仁吉どの？」

目隠しをしたまま問う、十兵衛の表情はどこか不安げ。

視界を封じられ、手だけを動かすのは思った以上に難しかった。言われた通りに拵えたつもりでいても、最初のうちは思い描いていたのと似ても似つかぬ、不格好な代物になるばかりだった。

目が見えるようにして取り組めば、事は容易い。

仁吉が認めさえすれば、それで済む。

しかし、仁吉に道を踏み外してほしくなかった。

師を裏切る真似をさせてはなるまい。

その一念で目隠しを決して外さず、日々の試作を繰り返してきたのだ。

十兵衛はじっと答えを待つ。

仁吉も目を閉じていた。

腕を組んだまま、じっと動かずにいる。

目隠しをしたままの十兵衛に、そんな有り様は見えていない。

「仁吉どの……」

「ああ……すまねぇな、待たせちまって」

焦《じ》れた十兵衛に、仁吉は静かな口調で答える。

「俺も今、ちょいとお前さんの真似をしてみたんだよ」

「まことか？」

「成る程なぁ、目を閉じたまんま手だけで拵えるってのは、怪我をして満足に動かせねぇのと同じだぜ……キツイ役目を任せちまって、ほんとにすまねぇ」

「今さら気にするには及ばぬぞ。拙者が望んで引き受けたのだ」

「だったら最後まで、このまんまお願いできるかい」

「されど、不出来なばかりでは話になるまい？」

「そんなことはねぇよ」

ふっと笑って、仁吉は答える。

「そうでござんしょう、石田の旦那」

「うむ」

答える声がした刹那、歩み寄る足音が聞こえてきた。

傍で見ていた甚平によって、するすると目隠しが解かれる。

視界が戻ると同時に、十兵衛は目を見張った。

「これは拙者が拵えた……のか⁉」

「慣れってのは大したもんだぜ。ぎりぎりまで時をかけてよかったよ」

微笑む仁吉が手にした皿には、色鮮やかなきんとんが盛られていた。

とりわけ目を惹いたのは、青と赤の取り合わせ。

大海原から昇る朝日を思わせる、めでたい一品だった。

「これだけの出来なら、まず誰も疑わねぇさ。この俺が請け合うんだから、間違いはあるめぇ」

「まことか、仁吉どの」

「やっぱりお前さんの腕は本物だったな。頼んでよかったぜ」

「こちらこそ、かたじけない……」

十兵衛は安堵の息を漏らす。

見返す仁吉も嬉しげだった。

五

注文された菓子が出来上がれば、いよいよ納品である。

初釜の日の朝、我翁の屋敷まで十兵衛は同行することにした。

仁吉は両手の包帯を解き、腫れのひかない手首を袖で隠していた。

まだ菓子に精緻な細工をするどころか、菓子の包みを一人で持つのもままならない。

荷物持ちを兼ねて、弟子になりすました十兵衛が仁吉と共に向かった先は本所。

仁吉は駕籠《かご》に乗せ、十兵衛は菓子包みを持って後に続く。

徹夜の疲れが残る身に、川風が心地よかった。

両国橋の東詰めを通り過ぎ、大川沿いにしばし歩けば吾妻《あづま》橋が見えてくる。

その手前に、小体ながら瀟洒《しょうしゃ》な屋敷が在った。

江戸城下の屋敷を家督ともども息子に譲り、本所に構えた隠居所の庭には茶室も設けられている。

仁吉と十兵衛が通されたのは、母屋の奥。

我翁は上座に着き、二人の訪いを待っていた。

「毎年雑作をかけるのう、和泉屋」

「畏れ入りまする、ご隠居さま」

仁吉は敷居際で膝を揃え、深々と頭を下げる。

幻斎我翁は痩身の老人だった。

穏やかな雰囲気を漂わせていながら、眼光は鋭い。

「思わぬ怪我を負うたそうだの、大事はないか」

「へい、おかげさまで何とか御用を務めさせていただきました」

「それは重畳……して、そやつは何者じゃ」

「あっしの一番弟子にございます。おい、早いとこご挨拶申し上げろい」

「へいっ」

十兵衛もすかさず平伏した。

二人とも、相手に少なからず気圧《けお》されている。

子細を問われても大丈夫なのだろうか。

十兵衛ならずとも、心配せずにはいられない有り様だった。

ともあれ持参の菓子を披露し、受け取ってもらわなくてはならない。

これからすぐ必要となれば突っ返されはしないだろうが、相手が相手だけに油断はできなかった。

我翁は信義と同じ、御側御用取次あがりの旗本である。

信義は昔から反りが合わなかったそうで、茶会に招かれてもいなかった。

強いて申し込み、出席をしてもらえれば、もしも現場で何かあっても取り成してもらえただろう。

だが、さすがに信義は承知してくれなかった。

『いい加減にせい。人には相性というものがあるのが分からぬのか』

『どうあってもなりませぬのか、ご隠居さま』

『しつこいのう。おぬしは出雲屋か』

『何とでも仰せになられませ。どうかどうか、お頼みいたしまする』

『くどいぞ』

信義も、頑固さでは人後に落ちない男である。

いずれ根負けしてくれるだろうと期待しながら食い下がったものの、とうとう首を縦に振ってはもらえなかった。

その代わり、十兵衛に思わぬ助言をしてくれたのだ。

『あやつは曲者ぞ、十兵衛』

『まことですか？』

『おぬしも大概しつこかったが、あやつは別だ。出雲屋とて足元に及ぶまい』

『何と……』

『相手がご老中だろうとも、頑として引き下がらぬ。それでいて、裏でちゃっかり手を結んでおるから油断はできぬ。儂は幾度も煮え湯を飲まされたものよ』

腹立たしげに思い出しながら、信義は最後にこう言ってくれた。

『あやつの言葉には必ず裏がある……まともに受け取ってはならぬぞ』

果たして何を言われるのか、予想もできない。

募る不安に耐えながら、十兵衛は仁吉に付き添っていた。

とにかく、きんとんをすんなり受け取ってもらいたい。

もちろん、きちんと評価もしてもらいたかった。

手がけた品を否定されるのは、命を奪われるよりも辛いものだ。

菓子箱の蓋を開けながら、十兵衛は祈らずにはいられなかった。

(南無……)

我翁が黒文字を握った。

きんとんをひとつ、懐紙に取る。

口に運ぶ動きは、優雅そのもの。

それでいて、ただ一口で食べてしまった。

下品な振る舞いがそうは見えないのが、人物の格というものなのか。

仁吉も十兵衛も黙ったまま、答えを待つ。

「ふむ……」

我翁は微かに息を継いだ。

続く言葉も、声は小さい。

それでいて、言ってくれたのは喜ばしいことだった。

「常にも増して美味であるな、和泉屋」

「ありがとうございまする」

「大儀であった」

それだけ告げると、我翁は腰を上げる。

平伏する二人をそのままに、庭の茶屋へと移動していく。

仁吉と十兵衛のどちらが作ったものなのか、ついに確認も取らなかった。

客を迎える支度があるのだろうが、何とも呆気ない。

同時に不安でもあったが、ひとまず仁吉は安堵していた。

「おかげで助かったぜ、十兵衛さん……」

「しーっ」

すかさず黙らせ、十兵衛は周囲に気を巡らせる。

商いの話が終わり、相手が立ち去ったからといって、迂闊なことを口にするのは命取りになりかねない振る舞いとされている。

この隠居所は、いわば敵地。

速やかに退散し、十分離れた上でなくては安心できない。

幸いにも、盗み聞いている者の気配は感じられなかった。

「参りましょう、旦那」

手代らしく促しながら、十兵衛は先に立って障子を開く。

このまま何事も起こらなければいいのだが――ホッとしている仁吉をよそに、一抹の不安を禁じ得ない十兵衛であった。

六

十兵衛の悪い予感は的中した。

初釜の席に一人だけ、異なる反応を示す者が居たのだ。

事が起きたのは主菓子を納めた食籠《じきろう》が、その男の前に回された直後。

「先生、これは何でござるか？」

「きんとんに決まっておろう」

「そんなことは承知の上にござる。何ですか、この下品な色遣いは⁉」

叫ぶと同時に、男は立ち上がる。

膝前に準備されていた懐紙と黒文字が、弾みで飛んだ。

茶席にあるまじき、不作法な振る舞いに及んだのは四十絡みの武士。

茶席では刃物が禁じられているため、刀はもとより脇差も腰にはしていないが髷《まげ》を見れば士分と分かる。

細面の顔は目鼻立ちも整っており、端整そのもので品がいい。

そんな人物がいきなり暴れ出したのだから、同席した人々が度肝を抜かれたのも当然だろう。

ただ一人、平然としていたのは我翁のみ。

釜の向こうで膝を揃えたまま、続く言葉を待っている。

そんな師匠を見返し、臆することなく男は言った。

「先生。これはまことに和泉屋のきんとんでありますか」

「どこが違うと思うたのだ？　差し許す故、申してみよ」

「されば、失礼いたしまする」

男は食籠を抱えていた。

一旦座ると、ひとつを中から取り出す。

蹴散らした懐紙と黒文字は一顧だにせず、新しいものを用いていた。

懐紙に載せたのは青と赤に染め分けたあんを細工し、初日の出を表した一品。

あの仁吉が太鼓判を押した、文句の無い出来のはずだった。

しかし、何事も出来栄えは他人が評するものだ。

茶室の床の間に飾られる絵も、賛辞は描き手とは別の者が後から付け加えるのが基本である。

もちろん、出来上がった品は信義や甚平、美織らに吟味をしてもらってある。

和泉屋でも誰一人として、疑う者はいなかった。

仁吉の怪我は大したことはなく、無事に注文の菓子を作ってくれた。これなら店は安泰だと、みんな手放しに喜んでいる。

ところが肝心の初釜の席には、思わぬ目利きが潜んでいた。

「何ですかな、このまやかしものは……」

味わう前に見抜くとは、侮《あなど》れぬ相手である。

それでも口で言うだけならば、説得力に欠けただろう。

その男は雰囲気だけでなく、することも神経が細かかった。

新しい懐紙と黒文字に続き、懐から取り出したのは一冊の帳面。

開いたところには同じきんとんが精緻な筆致で、しかも色付きで描かれていた。

「こちらは以前に頂戴しました、同じきんとんにございます」

「いつ描かれたのですか、香川《かがわ》どの？」

客の一人が、怪訝そうに問うてきた。

茶席で勝手に筆を取り出して、供された菓子を描くことなど出来はしない。その場で絵にしたのでなければ、比べる証拠になり得ぬのではあるまいか。

そう指摘しようとした刹那、男は自信満々で口を開いた。

「皆様方はお忘れですかな」

ざわつく一同を見返し、言葉を続ける。

「それがしは昨年、先生の名代として和泉屋と会うているのです。その折に試食をつかまつり、外見も味わいも、しかと吟味いたしました」

「では、その折に描かれたと……」

「お疑いならば、とくとご覧あれ。この通り、日付も入っておりまするぞ」

すべて男の言う通りだった。

「いかがですかな、ご一同？」

静まり返った座を見渡し、男は微笑む。

回覧から戻った帳面を拡げ、右手に持っていた。

左手にあるのは、懐紙に載せたきんとんの現物。

並べた上で、男は説明を始めた。

「まず、それがしの目に付いたのは色の違いでござる。昨年は外海を思わせる紺碧《こんぺき》にござったが、この贋作《がんさく》は見るからに薄く……」

「そうですかな、寸分違《たが》わぬとお見受けしますが」

話の腰を折ったのは、末席に座した老人。

深い皺《しわ》の刻まれた顔は、よく日に焼けている。農家の隠居と思しき風体ながら品のいい老人は目を細め、しきりに首を傾げていた。

「お目が悪いのですな、ご老人。いずれ眼鏡を進呈いたしましょう」

「お気持ちだけで十分でございますよ。それよりも……」

「黙っていてくだされ」

取り合うことなく、男は先を続けた。

「それがしが見受けし差異は色だけには非ず。細工も違《ちご》うておりまする」

「まことか、香川」

「はい」

師匠に答える態度は、変わることなく自信満々。

「さて、ご一同。この波が何で拵えたか、お分かりになりますかな？　花の色にて青く染めし、あんを裏漉ししたものにござる。そして細工は箸を用い、ひとつずつ形を模して盛り付けていくという次第……贋作ながら、たしかに見事な出来と申せましょう。されど、あくまで紛《まが》い物にすぎませぬ」

褒めているようでいて、相変わらず贋作と言い続けている。

聞き捨てならない様子で、末席の老人がまた口を挟んできた。

「どこが偽りなのですかな、香川さま」

「やれやれ、仕方ありませせぬなぁ」

香川と呼ばれた男は溜め息を吐いた。

されど、引き下がろうとはしない。

「座らせていただきまする」

一言断り、腰を下ろす。

取りかかったのは、きんとんの分解だった。

あんで形作った波を、ひとつずつ黒文字の先でばらしていく。

目的は、数を勘定することだった。

「……百と一つでございましたな」

疲れた様子も見せず、顔を上げる。

「ちなみに昨年のきんとんは、百と五つにござった。先程の絵の隅に書いてありまする故、今一度お確かめくだされ」

何とも細かいことだった。

この執念深さに勝てる者など、滅多にいまい。

されど、我翁はまだ首肯しようとはしなかった。

「馬鹿を申すな、香川」

「いえ、先生の御為《おんため》にも黙りませぬ！」

男は続けて言い放った。

「各々方も改めてご覧なされ！　色遣いも細工も、何より味も、いつもの和泉屋のものとは全くの別物ですぞ！」

居並ぶ弟子たちも、もはや反論はできなかった。

男のしつこさと細かさに、みんな根負けしてしまっていたのだ。

香川宗四郎《そうしろう》、三十八歳。

旗本の次男坊で、若いながらも高弟の一人だった。

宗四郎の母方の実家では菓子を商っており、自身も菓子には詳しい。

屋号は出雲屋。

手広く商いをしているものの、和泉屋には敵《かな》わない。

菓子の出来そのものが、違うのだ。

そこで策を弄して蹴落とし、後釜に座ろうとしていたのである。

奥方の実家から援助をしてもらっている父親の意を汲んでの行動だったが、宗四郎自身も乗り気であった。

茶の道など、最初から究めるつもりもない。

我翁に取り入り、出世の一助にしたい。

それだけを考えて入門し、真面目を装って修行に取り組んできたのだ。

日頃は物静かな宗四郎が激昂《げっこう》したとなれば、他の弟子たちも放っておけない。

まさか辻斬りの如く仁吉を襲い、痛め付けた張本人とは思ってもいなかった。

七

その夜。

宗四郎の讒言《ざんげん》を受けた我翁は、仁吉を屋敷に呼び出した。はっきり言えば和泉屋を訪れていた十兵衛ともども、無理やり連れて来たのである。

店に乗り込んだ家士の一団に拉致されたとき、仁吉は両手が満足に動かせぬのが分かってしまった。

報告を受けていながら、我翁はそのことに触れようとはしなかった。

「手荒な真似をして相すまぬのう。許せ、和泉屋」

目の前に引き据えさせた仁吉に告げる口調は、あくまで穏やか。

それでいて、内容は剣呑《けんのん》そのものだった。

「あの菓子を拵えたのはそのほうに非ずと申す者が居ってのう……。ほれ、そのほうも存じておる香川の次男坊よ」

「宗四郎さまが、何と仰せになられたんですかい」

「去る年に試食せし折とは味も見た目も違《ちご》うておると言い張っての、細工の子細な誤りまで指摘しおった」

「…………」

「あの菓子を拵えたのは何者じゃ、和泉屋」

「……あっしでございます」

「ならば、今一度やってみるがいい」

「承知しやした。すみませんが、あっしらをひとまず店にお返しくだせぇ」

「それには及ばぬ。この屋敷の台所でよかろうぞ」

「えっ……」

「苦しゅうない故、好きに使え」

「…………」

思わぬことを突き付けられてしまったものである。

しかも、恃《たの》みの十兵衛はこの場にいない。

屋敷内の別室に入れられてしまったのだ。

もはや万事休すだった。

たとえ十兵衛が同席していたところで、真実は言えない。代役を頼み、結果として全うできなかったことが災いして、笑福堂の評判まで落とされかねないからだ。

(すまねぇなぁ十兵衛さん。だけどお前さんにゃ迷惑はかけねぇぜ)

ここは黙って仁吉一人で責を負い、この命を以て贖《あがな》うしかなかった。


その頃、十兵衛は脱出を試みようとしていた。

大人しくしてはいられない。

下手をすれば、仁吉は無礼討ちにされかねないのだ。

廊下にも庭にも、見張りの家士が配置されている。

隠居しても大身旗本となれば、屋敷を護る者の数は少なくない。

奥まで行くのは至難だが、やるしかあるまい。

すっと十兵衛は腰を上げる。

「待て、待てぃ!」

廊下に出て早々に、いかつい家士が近寄って来た。

「何じゃそのほう、どこへ参る？」

「厠《かわや》をお借りしとう存じまする」

「そっちの突き当たりじゃ」

「ありがとうございまする」

そつなく礼を言い、十兵衛は歩き出す。

すると、困ったことに家士が後からついてくる。

「おさむらいさま、何もそこまでなさらずとも」

「ご隠居の仰せじゃ」

そう言われては、是非も無い。

「されば、御免」

「ううっ！」

家士が崩れ落ちていく。

振り向きざまに当て身を浴びせたのだ。

気を失ったのを横たえて、十兵衛は先を急ぐ。

刀を拝借した上のことである。

早々に役に立ったのは、庭に出た直後だった。

「こやつ、何をしておる！」

「おのれ下郎が！」

口々に怒りの声を上げながら、二人の家士が迫り来る。

一人目が間合いに入った刹那、十兵衛は鯉口を切った。

「ううっ！」

びゅっと抜き打った刀が目の前を行き過ぎ、家士は動揺の声を上げる。

次の瞬間、十兵衛は返す刀で峰打ちを浴びせた。

「む、無念……」

斬られたと思い込み、家士がぐったり倒れ込む。

しかし、続く二人目は今少し強かった。

「く！」

斬って来るのを受け流し、ぐんと十兵衛は押し返す。

よろめくところに見舞ったのは、刀の柄頭《つかがしら》。

みぞおちを強打され、堪らず家士は崩れ落ちた。

あと幾人、奥に辿り着くまでに相手取らねばならぬのか。

キツいことだが、やるしかなかった。


その頃、仁吉は屋敷の台所に立たされていた。

家士たちの姿は見当たらないが、宗四郎が我翁に寄り添っている。

鞘ぐるみの刀を左手に提げ、曲者が現れればいつでも応じることのできる体勢を取っていた。

むろん、仁吉に向けられる可能性もある。

きんとんを作ってみせなければ、そうなるのだ。

「苦しゅうない。早う、その手で拵えてみよ」

命じる我翁の傍らで、宗四郎は微かに笑っている。

師匠には分からぬように、仁吉にだけ勝利の笑みを見せつけていたのだ。

何もできず、仁吉は立ち尽くすばかりであった。

こうなった以上は、じたばたしても始まるまい。

無念であっても、黙って斬られるより他に無かった。

「仕方ありませぬな、先生」

わざと悲しげに言いながら、宗四郎が前に出る。

「試すには及びますまい。あれなる菓子はどこぞの職人に作らせた、紛い物に決まっております」

「今少し待ってやれ」

「お言葉なれど、そうは参りませぬ」

我翁の言うことにも、聞く耳など持ちはしない。それでいて、あくまで口にするのは殊勝なことばかりだった。

「畏れ多くも先生を謀《はか》りし無礼がどうあっても許せませぬ故、この場にて手討ちにさせていただきとう存じます。こやつの血でお目汚しいたしますが、何卒お許しくださいませ」

「さればな……」

十兵衛がその場に駆け付けたのは、我翁が何か言いかけたところだった。

「うぬ、何奴か！」

抜刀しかけた宗四郎を、がっと我翁は押さえ込む。

「退《の》け、香川」

「は……」

宗四郎は悔しげに引き下がる。

それを見届け、十兵衛は我翁に言上した。

「ご隠居さま、畏れながら手ぬぐいを拝借できませぬか」

「手ぬぐい……とな？」

「本日の主菓子を、御前にて今一度拵えとう存じまする」

呆気に取られる我翁に向かって告げる、十兵衛に恐れなど無い。

手を尽くした上で斬られるのならば本望だった。

八

「おかげで助かったぜ、十兵衛さん」

「当然のことをしたまでだ。礼には及ばぬ……」

無事に屋敷を出された二人は、安堵の笑みを交わしながら歩き出す。

十兵衛が自ら目隠しをして仁吉の技を再現し、見事なきんとんを作り上げたのを目の当たりにして、我翁はすべてを水に流してくれたのだ。

と、おもむろに行く手が塞がれた。

「待て」

宗四郎が抜き身を手にして立っている。

端整な顔は怒りに青ざめ、切れ長の目が血走っていた。

「覚悟せい、下郎ども」

「ふざけやがって！　負けた腹いせに、俺たちを斬ろうってのかい！」

「意趣返しには非ず……分を弁《わきま》えさせてやるのだ」

「分だと？」

「今宵の得物はうぬの手首を砕きし刃引きに非ず。二度と菓子など作らせぬぞ！」

「それじゃ、てめぇが……」

言葉を失う仁吉に、ぐわっと宗四郎が迫り来る。

応じて、十兵衛は前に出た。避けられぬ対決の時が来たのだ。

「むん！」

「ヤッ！」

二人の気合いが交錯する。

十兵衛が手にしていたのは、宗四郎の帯前から奪った脇差。

「うぬっ、いつの間に……」

「退くならば今のうちぞ、香川どの」

「おのれ、素町人が！」

「そう思うのならば構わぬが、拙者はちと手強いぞ」

威嚇しながらも、告げる口調は静かだった。

許せぬ相手と思っていても、やはり分というものがある。

今の十兵衛は仁吉と同じ、市井《しせい》の菓子職人。元は武家、それも加賀百万石に連なる名家の御食事係を代々務める家の生まれと言えば、相手も少しは恐れ入るだろう。

だが、それは決して明かせぬことである。

この場を切り抜け、速やかに退散するのみだった。

しかし、宗四郎は聞く耳を持ちはしない。

「うぬから先に斬り捨ててくれるわ！」

なまじ腕が立つから、始末が悪い。

「こやつ！」

怒りに任せ、自分から激しく斬り付けてくる。

応じて、十兵衛は斬撃を受け流す。

言葉の応酬も、絶えず続いていた。

「残念なことだな、香川どの」

「何だ、うぬっ」

「それほどの腕を持ちながら、何故に仁吉どのを傷付けたのだ」

「決まっておろう、和泉屋を潰すためよ」

「成る程……また残念なことを聞いてしもうたな」

「うぬ、何が言いたいのだっ」

「ここまでになるほど修行を積んでいながら、おぬしの性根はまことに腐りきっておる。何故、心技体《しんぎたい》の肝心なところが欠けておるのだ？」

「おのれ！」

宗四郎はいきり立つ。

次第に手の内が乱れてきたのに、十兵衛は気付いていた。

刀の柄を操る握り方を指して、手の内と呼ぶ。

力は抜きすぎても、入れすぎても上手くない。

宗四郎の場合には、必要以上に力みすぎてしまっていた。

これでは刃筋が通らず、正確に斬り付けることもできない。

怒りを募らせるのが自らの首を絞めることにつながっているとは、宗四郎は気付いていない。

それどころか、こちらに歩み寄ってくる人影にも感付いていなかった。

おもむろに、重々しい声が聞こえてきた。

「止めよ」

立っていたのは幻斎我翁。

痩身の背筋をすっと伸ばし、鋭い視線を不肖の弟子に向ける。

「せ、先生……」

「愚か者め、大概にせい」

「も、申し訳ありませぬ」

「腕の違いがまだ分からぬか。まずは大人しゅう刀を引けい」

「は、はい」

宗四郎は逆らえなかった。

「下がりおれ、愚か者め」

今一度叱り付けると、我翁は仁吉の前に立つ。

「諸々許せ、和泉屋」

「滅相もございませぬ……」

仁吉は深々と頭を下げる。

命が助かっただけでも、今は感謝しなくてはなるまい。

あのまま我翁が止めてくれずに戦いが続いていれば、十兵衛は宗四郎を斬らざるを得なくなっていただろう。

そうなっていれば、十兵衛も仁吉も無事では済まなかったはず。

御側御用取次あがりの隠居を騙したばかりか、茶の道の高弟である旗本の次男坊まで死に至らしめたとなれば、死罪の上に家財は没収。店の看板も取り上げられたに違いない。

最悪の事態が避けられたのに、恨み言など口にできるはずもなかった。

しかし、十兵衛の反応は違った。

「ご隠居さま、どうか本音をお聞かせくださいませ」

「何言ってんだ、十兵衛さん!?」

「お願いいたしまする」

慌てる仁吉に構わず、十兵衛は続けて問うた。

「畏れながら、ご隠居さまは最初《はな》からお気付きだったのではありませぬか」

「何故に、左様に思うのだ」

「岩井のご隠居さまよりうかがいました。御城中にてお勤めをなさりし折には、何事も反対のことを申されるのが常であらせられたと」

「ふん、あの老人と知り合いなのか」

「畏れながら、懇意にさせていただいておりまする」

「左様か……重ね重ね、命冥加《みょうが》な奴よのう」

我翁は不快げにつぶやく。

それでいて、宗四郎をけしかけようとはしなかった。

「参るぞ、香川」

「ははっ」

宗四郎は大人しく後に従う。

見送る十兵衛は無表情。

一方の仁吉は、愚痴らずにいられなかった。

「ったく、肝を冷やしたぜ……なぁ十兵衛さん、助けてもらっておいて文句なんぞ言いたくはねぇんだが、ありゃねぇだろうぜ」

「何のことだ、仁吉どの」

「決まってんだろ、余計なこと言いやがって」

「ははは、ご隠居の本音を確かめたことだな」

「当たり前だい。お前さんみてぇに無礼な奴、俺は見たことねぇぜ」

呆れながらも仁吉は言った。

「そりゃ俺だって文句はいろいろ言いてぇさ。とはいえ、俺が自分で拵えたんじゃねぇ品を、手前の名前でお納めしたのはいけねぇやな。無礼討ちにされちまっても仕方のねぇのを勘弁してくだすったたんだから、もういいよ。それをお前さんは余計なことをあれこれ言って、ほんとに危ないとこだったんだぜ。分かってんのかい十兵衛さん」

「もとより承知の上だよ、仁吉どの」

「だったら、どうしてあんな真似を……」

「いいからいいから、長居は無用ぞ」

まだ収まらぬ様子の仁吉を引っ張り、十兵衛は退散していく。

やりすぎたとは思っていない。

宗四郎のことを、十兵衛は許せなかった。

故に殺気を放ち通しだったのに敢えて気付かぬ振りをし、襲わせたのだ。

そんなことまで仁吉に明かせば、本気で恨まれることだろう。

だが、何事も必要なことだったのだ。

旗本の息子であれば、何をやってもいいというわけではない。

職人の命と言うべき手を動かなくさせようと企むなど、非道に過ぎる。

故に、罰を当ててやろうと考えたのである。

いい年をしていながら我が儘勝手な宗四郎を罰することができるのは、師の我翁ぐらいのものだろう。

ならば、聞こえるように悪事を口外させてしまえばいい。

打ち続く斬り合いの最中も黙らず、宗四郎にあれこれ喋《しゃべ》らせたのは、我翁が門の外まで出てきたのに気付けばこそ。

頭に血が上ってしまっていた宗四郎より先に、察知していたのだ。

ともあれ、何とか事は落着した。

仁吉がいいと言うのであれば、悪党が罰せられなくても構うまい。

しばらく歩いた後、仁吉が口を開いた。

両国橋を通り過ぎ、新大橋も間近になった頃である。

「なぁ十兵衛さん、そろそろ言ってもいいかい？」

「何をだ、仁吉どの」

「決まってんだろ、本音だよ」

「あれほど言うて、まだ足りぬのか」

「違うよ、あれはぜんぶ、心にもねぇことばかりさね」

「仁吉どの、おぬし……」

「へっへっへっ。お前さん、ぜんぶ本気で言ったと思っていなすったね。俺の芝居もなかなかだなぁ」

驚く十兵衛を見返して、にっと仁吉は笑った。

「話が付いても退散するまで迂闊なことを言うもんじゃないって、お前さん言ってただろう。だからさっきは、わざと殊勝なことばかり口にしたんだよ」

「されば、あれはご隠居たちに聞かせるために……」

「どうせ屋敷のさむれぇどもに盗み聞きでもさせていたんだろうと思ってな、骨身に染みたって勘違いをしてくれるようにしたんだよ。まぁ、あれだけ言っておけば俺がまだ、むかっ腹《ぱら》が立って仕方がねぇとは思うまいよ」

「そうか、怒りが収まってはおらぬのだな……」

十兵衛は溜め息を吐く。

改めて呆れたわけではない。

仁吉も存外に骨があると分かり、むしろ感心していた。

とはいえ、仁吉は商いを営む身。

続く答えはしたたかなものだった。

「さればおぬし、ご隠居との付き合いは願い下げにいたすのか」

「まさか、もっと食い込ませていただくよ」

十兵衛に念を押され、仁吉はさらりと告げる。

「今度のことは貸しを作ったようなもんさね。あれこれ酷い目に遭わされちまったけど、ご隠居も同じ真似はしねぇだろう。香川様の馬鹿息子だって、さすがに破門まではされなくても、二度と大きな顔はできねぇよ。もしかしたら手前から辞めていくかもしれねぇぜ。へっ、ざまぁみろってんだ」

「成る程な。そう考えておれば腹も立たぬ、か……」

十兵衛は思わず感心する。

やはり、仁吉は自分より上を行っている。

無理をして追いつこうとは思わぬが、良いところは見習いたい。

そんなことを思いながら、夜道を行く十兵衛であった。

九

今日は一月十五日の小正月。

十兵衛は店を早じまいし、夕餉《ゆうげ》の支度に勤しんでいた。

菓子作りではなく料理の腕を振るって、遥香を労《ねぎら》うつもりなのだ。

朝餉は小豆粥《がゆ》だったので、遥香も智音も腹を空かせているに違いない。

本所の地主が昼間に届けてくれた鶏をさばいて、十兵衛は治部《じぶ》煮を拵えた。

智音は台所まで来て、じっと手許を見守っている。

鶏をさばいている間だけ怖がって隠れていたが、ぐつぐつ煮える鍋からいい匂いが漂い出すと、たちまち近寄って来た。

「手伝《つど》うてくださいますか、智音さま」

「うん！」

「まずはお膳を出してくだされ」

「わかった」

箱膳を積んだところにすっ飛んで行く智音を、十兵衛は笑顔で見送る。

昨年の暮れ辺りから、二人の距離は縮まっていた。

以前ほど遠慮せず、互いに打ちとけて接している。

十兵衛にとっては喜ばしいことだったが、あくまで臣下として振る舞いつつ、親しみ合えれば十分だった。

遥香との間柄も同様である。

宗四郎に言われるまでもなく、きちんと分を弁えていた。

「智音さま、御前さまを呼んでくだされ」

「はーい」

智音が階段の昇り口へと急ぐ。

視線を上げたとたん、ちいさな体が凍り付く。

駆け寄った十兵衛も絶句する。

階段から降りかけたまま、遥香は体をぐらつかせていた。

「御前さま？」

「十兵衛どの……」

口にしかけたまま、ふっと倒れる。

とっさに腕を伸ばして抱き止めなければ、危ういところだった。

額に触れてみると、熱が高い。年の瀬からの多忙続きで、気付かぬうちに体調を崩していたのだ。

「智音さま、お床《とこ》をお願いいたしまする！」

「わかった！」

すかさず智音が二階に駆け上がっていく。

後に続きながら、十兵衛は遥香に呼びかけた。

「大事ありませぬか、御前さま？」

「父上と母上に、会いとうございまする……」

朦朧としながら答える声は弱々しい。

十兵衛の気付かぬところで、そんな悩みも抱えていたのだ。

ともあれ、今は看病をするのが先だ。

ぐったりする遥香を抱え、十兵衛は階段を昇って行く。

「申し訳ありませぬ……」

「何ほどのこともござらぬ。どうぞ、お気を楽になさいませ」

「すみませぬ、十兵衛どの」

「こちらこそ、日々の雑事にかまけてばかりでございました」

十兵衛は反省していた。

「まことに申し訳ございませぬ。お許しくだされ、御前さま……」

いつの間にか、十兵衛は横山外記と決着を付けることを忘れていた。

菓子を作ることの手ごたえを楽しみ、智音が懐いてくれるようになったのを喜ぶばかりで、遥香が両親を案じる気持ちを汲み取ろうとせずにいた。

江戸に出てきたときの初心を忘れてはなるまい。

今年こそ悪しき一党と雌雄を決し、遥香の汚名を雪《すす》いだ上で智音ともども、加賀の国許に連れて帰るのだ。

決意も固く、十兵衛は階段を昇り行く。

波乱の文久三年は、まだ明けたばかりであった。

この作品は書き下ろしです。

幻冬舎時代小説文庫

●好評既刊
甘味屋十兵衛子守り剣
牧　秀彦

深川の笑福堂は十兵衛が作る菓子と妻・おはること遥香の笑顔が人気。だが二人は夫婦ではなく、十兵衛の使命は主君の側室だった遥香とその娘・智音を守ること。そんな笑福堂に不審な侍が……。

●好評既刊
甘味屋十兵衛子守り剣2 殿のどら焼き
牧　秀彦

妻の遥香と娘の智音を狙う刺客を退けた十兵衛。だが助勢した岩井信義に「本当の妻子ではないのであろう？」と問われ、藩主の側室と娘が狙われているわけを明かす。大好評シリーズ第二弾！

●好評既刊
甘味屋十兵衛子守り剣3 桜夜《さくらよ》の金つば
牧　秀彦

十兵衛は家茂公の婚礼祝いに菓子を作ることになった。遥香と智音を守る助けになればと引き受けたが、和泉屋も名乗りを上げ、家茂公と和宮が優劣を判じることに……。大人気シリーズ第三弾！

●最新刊
よろず屋稼業　早乙女十内(六) 神無月の惑い
稲葉　稔

道具屋の女房が失踪した。早乙女十内は捜索を依頼されるが、手がかりはないに等しい。しかも、依頼主の店が賊に襲われ……。まさか女房は盗賊の一味なのか？　人気シリーズ、白熱の第六弾！

●最新刊
女だてら　麻布わけあり酒場10 町の灯《あか》り
風野真知雄

南町奉行・鳥居耀蔵との戦いは正念場。仲間の日之助は牢を出られるのか？『巴里物語』の秘密とは？　そして、小鈴は仲間と店を守り通すことができるのか？　大人気シリーズ、ついに完結。

幻冬舎時代小説文庫

●最新刊
公事宿事件書留帳二十
鴉浄土
澤田ふじ子

亡き妻の墓前で出くわした鴉を、彼女の生まれ変わりと信じる九郎右衛門は、遺品を整理していた矢先、ある異変に気付く……。表題作ほか全六編。傑作人気時代小説、堂々のシリーズ第二十集！

●最新刊
上州騒乱
公事師　卍屋甲太夫三代目
幡　大介

卍屋甲太夫三代目の正体は卍屋の娘・お甲がでっちあげた架空の人物だったが、いかさま師に名前を乗っ取られてしまった。奇妙な二人が組んで上州のある村の騒動に挑む！　痛快シリーズ第二弾。

●最新刊
いそさん
米村圭伍

質屋「高見屋」の若旦那が、ある夜、身投げをしかけた男を連れ帰り居候させた。余命わずかな若旦那はその男を伴い、親しい人々を訪ねては奇妙な行動を取り始める。渾身の泣ける人情譚！

●好評既刊
寵姫裏表
妾屋昼兵衛女帳面五
上田秀人

大奥騒動、未だ落着せず。大奥で重宝され権力の闇の深みに嵌る八重。老獪な林出羽守に絡め取られていく妾屋昼兵衛と新左衛門。将軍家斉の世継ぎ夭折の真相に辿り着けるか？　白熱の第五弾！

●好評既刊
極楽横丁の鬼
半次と十兵衛捕物帳
鳥羽　亮

半次と十兵衛は、長屋仲間の亀吉が殺された夜、米問屋に強盗が押し入っていたことを知らされる。二つの事件の繋がりを探る半次らが突き止めた驚くべき事実とは？　手に汗握るシリーズ第二弾！

甘味屋《かんみや》十兵衛《じゅうべえ》子守《こも》り剣《けん》4

ご恩返《おんがえ》しの千歳飴《ちとせあめ》

牧秀彦《まきひでひこ》

平成25年12月5日　初版発行

発行人――石原正康
編集人――永島賞二
発行所――株式会社幻冬舎
〒151-0051東京都渋谷区千駄ヶ谷4-9-7
電話　03(5411)6222(営業)
　　　03(5411)6211(編集)
　　振替00120-8-767643
印刷・製本―株式会社　光邦
装丁者――高橋雅之

検印廃止
万一、落丁乱丁のある場合は送料小社負担で
お取替致します。小社宛にお送り下さい。
本書の一部あるいは全部を無断で複写複製することは、
法律で認められた場合を除き、著作権の侵害となります。
定価はカバーに表示してあります。

Printed in Japan © Hidehiko Maki 2013

幻冬舎時代小説文庫

ISBN978-4-344-42130-1　C0193　ま-27-4

幻冬舎ホームページアドレス　http://www.gentosha.co.jp/
この本に関するご意見・ご感想をメールでお寄せいただく場合は、
comment@gentosha.co.jpまで。